소중한 _____ 에게

_____ 가(이) 선물합니다.

_____

데미안

헤르만 헤세 지음

소설가이며 시인으로 1877년 독일 뷔르텐부르크에서 태어나 라틴어 학교에 입학했고,
이듬해 마울브론의 신학교에 들어갔습니다. 그러나 기숙사 생활을 견디지 못하고 나와
혼자서 시와 소설 공부를 했습니다. 그러던 중, 1899년 첫 시집 「낭만적인 노래」를 펴내
당시에 유명한 시인 릴케에게 인정을 받았습니다. 그 후, 1904년에 발표한 최초의 장편 소설
「페터카멘친트」로 확고한 문학적 지위를 얻었고, 1946년 「유리알 유희」로 노벨문학상을 받았습니다.
주요 작품으로 「지와 사랑」 「싯다르타」 「젊은 날의 초상」 「수레바퀴 아래서」 「동방 순례」
「환상 동화집」 등이 있으며, 1962년 85세의 나이로 세상을 떠났습니다.

강용규 엮음

월간 「소년」에 동화가 추천 완료되어 문단에 나왔고, 「새벗」과 「계몽사」에서
어린이들을 위한 책을 만들었습니다. 그동안 펴낸 책으로 동화집 「새 자전거」, 위인전
「워싱턴」 「디킨스」 등이 있고, 논문 「유치원 교육 과정에 제시된 동화의 내용 분석」이 있습니다.
한국아동문학회 출판 간사와 한국유아교육연구소 사무처장 등을 지냈습니다.

2023년 5월 25일 2판 6쇄 **펴냄**
2011년 8월 10일 2판 1쇄 **펴냄**
2004년 1월 10일 1판 1쇄 **펴냄**

펴낸곳 (주)효리원
펴낸이 윤종근
지은이 헤르만 헤세
엮은이 강용규 · **그린이** 김민철
등록 1990년 12월 20일 · **번호** 2-1108
우편 번호 03147
주소 서울시 종로구 삼일대로 457, 406호
전화 02)3675-5222 · **팩스** 02)765-5222

ⓒ2004 · 2011, (주)효리원

ISBN 978-89-281-0099-6 64850

이메일 hyoreewon@hyoreewon.com
홈페이지 www.hyoreewon.com

데미안

헤르만 헤세 지음
강용규 엮음 / 김민철 그림

효리원
hyoreewon.com

　내가 처음 『데미안』을 읽은 것은 초등학교 5학년 겨울 방학 때였습니다. 대학을 다니다가 군에 입대한 큰형의 방은 사방이 책으로 둘러싸여 있었습니다. 자연스레 그 방은 내가 숙제를 하거나 팔베개를 한 채 공상에 빠지곤 하던 공간이 되었습니다. 어머니는 그런 나에게 큰형의 책장에 손을 대면 안 된다고 주의를 주었습니다. 그러나 나는 건성으로 대답할 뿐, 이 책 저 책을 뽑아 읽게 되었습니다. 그중 한 권이 『데미안』이었습니다.

　요즘 어린이들에 비해서 신체적으로나 정서적으로나 발달이 한참 더뎠던 시절이라 무슨 이야기인지도 모르면서 방학 숙제처럼 읽었습니다. 다만, 싱클레어가 크로머에게 과수원에서 사과를 훔쳤다는 거짓말을 하게 된 것을 안타깝게 생각하면서 나도 그와 같은 상황이었다면 똑같은 거짓말을 했을 것이라는 생각과 주인공에 대한 연민을 어렴풋이 지니게 되었습니다.

　그 후, 중학생이 되어 『데미안』을 다시 읽었습니다. 아브락사스, 카인과 아벨, 베아트리체, 알, 새와 같은 어휘들이 머리에 남고 그 어휘들이 작품 속에서 어떤 의미로 쓰였는지 생각하게 되었습니다. 싱클레어와 내가 닮은 점이 많아 보이던 시절이었습니다. 데미안과 같은 친구가 내 주변에 있었으면 좋겠다는 생각도 해 보았습니다.

강과 산과 너른 평야가 있는 강원도 철원에서의 내 학창 시절은 친구들보다 폭넓은 독서로 이러한 갈증을 대신했습니다. 헤세와 더불어 톨스토이와 도스토옙스키의 장편 소설들을 처음 접한 것도 이 시절이었습니다.

이제 어른이 되어 같은 책을 다시 또 읽으면서 글과 글의 행간의 의미를 되새기고 홀로 웃는 의미를 저는 소중하게 생각합니다.

『데미안』이라는 작품이 어린이 여러분이 다가서기에는 어려운 부분도 많습니다. 읽고 나서도 무슨 의미인지 가슴에 와 닿지 않는 부분도 많으리라 생각합니다. 그래서 쉽게 다듬는다고 애를 썼습니다.

책 뒷부분의 질문들도 이러한 점들을 참고해서 풀다 보면 책에 대한 느낌과 내용 정리에 도움이 될 수 있게 구성했습니다.

내 수준에 꼭 맞는 책만 골라서 읽다 보면 독서의 참맛을 느끼기 어렵습니다. 좀 어려운 듯한 책도 인내심을 갖고 읽다 보면 자신도 모르게 키가 한 뼘쯤 큰 것 같은 보람을 느끼게 됩니다.

여러분의 친구로 데미안을 초대합니다.

엮은이 강영규

두 세계

나 스스로를 돌아보아도 역시 그러했다.
나는 분명히 밝고 바른 세계에 속해 있고, 내 부모님의
자식이었다. 하지만 눈을 돌려 보면 또 다른 세계가 느껴졌고,
어두운 세계를 방황할 때도 있었다. 어떤 때는 금지된 어두운
세계에서 사는 것이 매력적으로 느껴진 적도 있었으며,
밝고 바른 세계로 돌아가는 것이 오히려 삭막하고
따분하게 느껴진 적도 많았다.

내 나이 열 살 즈음, 작은 마을에 있는 라틴어 학교에 다니던 시절의 일들로부터 이 이야기는 시작된다.

그때, 내 주위에는 서로 다른 두 세계가 뒤섞여 있었다. 어두컴컴한 골목이 있는가 하면 불이 환한 골목도 있고, 불안에 떨고 있는 사람이 있는가 하면 행복에 겨운 사람들이 있었으며, 아늑하고 편안한 방이 있는가 하면 비밀과 공포가 가득한 방들도 있었다. 한마디로 밝은 세계와 어두운 세계가 극과 극을 이루고 있었다.

한 세계는 부모님의 집이었다. 사랑이 있고 예의가 있으며, 아름다움과 깨끗함이 있었다. 아침마다 찬송가 소리가 들렸고, 크리스마스에는 축복의 말을 서로 나누었다.

그러나 또 하나의 세계가 우리 집 한쪽에서 시작되고 있었다. 그것은 부모님의 세계와는 완전히 달랐다. 냄새도 다르고 언어도 달랐다. 그곳에는 하녀들과 노동자들, 유령 이야기와 추한 이야기들만이 들끓었다. 도살장, 감옥, 술주정뱅이, 거칠게 싸우는 아낙네들, 살인이나 자살 같은 끔찍한 일들이 늘 벌어지는 세계였다.

다행히도 부모님이 있는 세계에서는 그러한 일들이 일어나지 않았다.

그런데 신기한 것은 이 두 세계가 서로 뒤섞여 존재한다는 사실이었다.

우리 집 하녀인 리나만 보더라도 그렇다. 저녁 기도 시간에 거실 문 옆에 앉아 양손을 가지런히 앞치마 위에 올려놓고 맑은 목소리로 찬송가를 부를 때면, 그녀는 완벽하게 아버지와 어머니가 계시는 밝고 바른 세계에 속해 있었다.

그러나 부엌이나 헛간에서 '머리 없는 난쟁이' 이야기를 나에게 들려줄 때라든가, 고깃간에서 이웃 아낙네들과 말다툼을 하고 싸울 때의 그녀는 이미 우리 세계에 속한 사람이 아니었다.

나 스스로를 돌아보아도 역시 그러했다. 나는 분명히 밝고 바른 세계에 속해 있고, 내 부모님의 자식이었다. 하지만 눈을 돌려 보면 또 다른 세계가 느껴졌고, 어두운 세계를 방황할 때도 있었다.

어떤 때는 금지된 어두운 세계에서 사는 것이 매력적으로 느껴진 적도 있었으며, 밝고 바른 세계로 돌아가는 것이 오히려 삭막하고 따분하게 느껴진 적도 많았다.

나는 내 운명이 어머니와 아버지처럼 밝고 바르고 질서 있게 펼쳐져야 한다고 생각했다. 그러나 이 목표를 이루는 일은 너무나 멀고 힘들게 보였다.

학교도 다녀야 하고, 공부도 해야 하며, 시험도 숱하게 치러야 하는 것은 물론, 그 길은 다른 또 하나의 세계인 어두운 영역을 뚫고 지나가야만 했다.

나는 라틴어 학교에 다녔다. 시장 아들과 산림국장 아들이 나와 같은 반이었다. 그 두 아이들은 가끔 우리 집에 놀러 오곤 했다. 그들은 개구쟁이였지만 착하고 밝은 세계의 친구들이었다.

나는 초등 학교 때부터 몇몇 아이들하고 친하게 지냈다. 그중 한 아이에 관한 일로 내 이야기를 시작하겠다.

학교 공부를 마친 어느 날 오후였다. 내가 열 살을 갓 넘겼을 때였다. 그날도 이웃 아이들과 놀고 있었는데, 한 아이가 끼어들었다. 그 아이의 아버지는 술주정뱅이여서 그 집안에 대한 소문이 좋지 않았다.

그 아이 이름은 프란츠 크로머였다. 그는 친구들 사이에서도 평판이 좋지 않은 아이였기 때문에, 그가 우리들 틈에 끼어든 것은 달가운 일이 아니었다. 프란츠 크로머는 어른스런 몸짓으로 우리들 앞에서 으스댔으며, 젊은 직공들의 걸음걸이나 말투를 흉내 내었다.

우리는 그가 시키는 대로 다리 옆 강둑을 타고 내려가 첫 번째

교각으로 갔다. 아치형 교각과 천천히 흐르는 강물 사이의 좁은 통로는 온갖 쓰레기들과 녹슨 철사 뭉치가 어지럽게 널려 있었다. 우리는 크로머가 시키는 대로 쓰레기 더미를 뒤져 쓸 만한 것들을 그에게 갖다주었다. 그는 그것을 받아서 호주머니에 집어넣거나 강물에 던지기도 했다. 호주머니에 넣는 것은 돈이 될 만한 쇠붙이였다.

나는 그와 함께 있는 것이 몹시 불안했다. 아버지에게 들킬까 봐 불안한 것이 아니라, 그에 대한 두려움이 컸기 때문이었다. 그러나 한편으로는 그가 나를 다른 아이들과 똑같이 대해 주는 것이 마음에 들었다.

잠시 후, 우리는 강변에 자리를 잡고 앉았다. 크로머는 강물에 침을 뱉었다. 이 사이로 침을 내뱉어 어떤 목표에든 명중시켰다.

우리들은 두런두런 이야기를 하기 시작했다. 아이들은 자신들이 저지른 짓궂은 장난들을 무슨 무용담이라도 되는 듯이 떠벌렸다. 나는 잠자코 듣고만 있었다. 그러나 언제까지나 잠자코 있을 수만은 없었다. 크로머의 비위를 건드려 그를 화나게 할 수도 있기 때문이었다.

결국 나도 이야기를 꺼냈다. 나 자신이 주인공 역할을 맡은 도둑질 이야기를 꾸며 댔다.

"어느 날 밤이었어. 나는 친구와 둘이서 방앗간 옆의 과수원에서 사과를 훔쳤어. 아주 크고 탐스러운 것들로."

꾸며 낸 이야기라고 크로머가 윽박지를 것만 같아 나는 더욱 완벽하게 이야기를 펼쳐 보였다.

"나는 망을 보고, 그 사이 내 친구가 나무에 올라가서 사과를 흔들어 떨어뜨렸어. 나는 정신 없이 사과를 자루에 주워 담았지. 자루에 가득 찬 사과가 너무 무거워서 들 수가 없었어. 우리는 자루를 열고 사과를 절반가량 덜어 냈어. 그리고 30분 뒤에 다시 가서 나머지를 가져왔어."

이야기를 마친 나는 약간의 갈채를 기대했다.

이야기 끝 부분에 이르러서는 너무 열중한 나머지 내 자신의 거짓말 솜씨에 도취되어 있었다.

잠시 동안 아이들은 아무 말이 없었다.

이윽고 프란츠 크로머가 실눈을 뜨고 나를 뚫어지게 바라보며 협박하듯이 물었다.

"너, 그거 정말이야?"

"그럼, 정말이라니까."

나는 시치미를 뚝 떼고 대답했다.

"너, 그 이야기 정말로 사실이지?"

"그렇다니까. 내가 왜 거짓말을 하겠어?"

나는 정말이라고 대답은 했으나 속으로는 불안해서 숨이 막힐 지경이었다.

"너, 그 말에 대해 맹세할 수 있어?"

나는 속으로 뜨끔했으나 그렇다고 대답했다.

"그러면, 하느님과 네 영혼 앞에 맹세한다고 말해 봐."

"하느님과 내 영혼 앞에 맹세해."

"좋아, 됐어."

나는 이제 모든 것이 다 잘되었구나 생각하고, 그가 일어나서 집을 향해 가자 기쁨이 솟구쳤다.

우리가 다리 위로 다시 올라왔을 때, 나는 그만 집으로 가야 한다고 머뭇머뭇 말했다.

"뭘 그렇게 서두르니? 우리도 같은 방향으로 가잖아?"

크로머는 능청스럽게 웃으면서 말했다.

그는 느릿느릿 발걸음을 옮겼다. 나는 그에게서 벗어나고 싶었으나 달아날 용기가 나지 않았다. 그는 정말 우리 집 쪽으로 가는 것이었다.

이윽고 집에 이르렀다. 대문과 청동으로 만든 커다란 손잡이가 보이고, 밝은 햇살이 비치는 창과 어머니 방의 커튼이 눈에 띄었다. 나는 마음이 갑자기 편안해짐을 느꼈다. 밝고 평화로운 세계에 있는 우리 집으로 돌아온 것이다.

나는 재빨리 대문을 열고 안으로 들어가 대문을 닫으려고 했다. 그 순간 크로머가 문을 밀치며 따라 들어왔다.

마당 한쪽 통로에서 그는 내게 바짝 붙어 서서 기분 나쁜 말투로 나직이 말했다.

"야, 그렇게 서두를 필요 없잖아?"

나는 두려움에 떨면서 그를 바라보았다. 내 팔을 잡은 그의 손은 마치 무쇠처럼 단단했다.

'이 녀석이 도대체 무슨 생각을 하는 걸까? 나를 때리기라도 하려는 걸까?'

내가 지금 비명이라도 지른다면 나를 구하러 누가 달려오기라도 할 수 있을지 생각해 보았다.

그러나 그런 생각을 곧 단념하고 그에게 물었다.

"왜 그래, 어떻게 하자는 거야?"

"별것 아냐, 너한테 물어볼 게 있어서 그래."

"뭘 물어보려는 건데? 난 빨리 집에 들어가 봐야 해."

그러자 프란츠 크로머는 속삭이듯이 물었다.

"방앗간 옆에 있는 과수원이 누구네 것인지 넌 알고 있겠지?"

"글쎄……. 방앗간 주인 거겠지 뭐."

그 순간 크로머는 내 몸에 팔을 둘러 감고 휙 잡아당겼다. 나는 코 앞에 맞닿은 그의 얼굴을 빤히 바라볼 수밖에 없었다. 그의 눈에는 악의가 차 있었고, 심술궂은 미소를 띤 얼굴에는 잔인함이 넘쳐 흘렀다.

"그럼 내가 그 과수원이 누구네 것인지 가르쳐 주지. 그런데 말이다, 며칠 전에 사과를 도둑맞았다고 하더라. 훔친 녀석을 알려 주는 사람에게 2마르크를 준대."

"오, 이런!"

나는 소리쳤다.

"너 설마 2마르크 때문에 일러바치진 않겠지?"

그러나 그의 양심에 호소해 봐야 아무 소용이 없다는 것을 알고 있었다. 그는 다른 세계 사람이니까.

그에게 배신 같은 것은 아무 죄가 되지 않았다.

"일러바치지 말라고?"

크로머는 웃음을 터뜨렸다.

"야, 난 가난뱅이야. 너처럼 돈 많은 아버지도 없어. 2마르크를 벌 수 있다면, 무슨 수를 써서라도 벌어야지."

갑자기 내 주위의 평온한 세계가 무너져 내리기 시작했다. 나를 경찰에다 일러바치겠지. 아버지도 아시게 될 거고, 경찰이 찾아올지도 모른다. 온갖 공포가 내 마음을 위협했다. 내가 도둑질을 하지 않았다는 사실은 아무 소용이 없었다. 나 자신이 도둑질을 했다고 맹세했으니 말이다.

눈물이 복받쳐 올랐다. 나는 어떻게든 위기를 모면해 보려고 주머니를 샅샅이 뒤져 보았다. 아무것도 없었다.

그때 갑자기 시계가 생각났다. 은으로 만든 낡은 시계인데 고장난 것이었다. 그 시계는 할머니의 유품이었다. 나는 그것을 아무 생각 없이 버릇처럼 가지고 다녔다.

나는 얼른 시계를 꺼냈다.

"크로머, 이르지 말아 줘. 네가 경찰에 일러바친다는 것은 옳지 않아. 이 시계를 너에게 선물할게. 자, 받아. 은시계야. 조금 고장났지만 네가 수리해서 쓰면 될 거야."

그는 미소를 지으며 시계를 손에 받아 쥐었다.

"이 고물딱지 은시계가 어쨌다는 거야? 너나 고쳐서 써!"

"크로머, 도대체 왜 그래. 이 시계를 받아 줘. 이것 외에는 아무것도 없어."

그러나 그는 멸시하는 듯한 차가운 표정으로 나를 쳐다보았다.

"그렇다면 내가 어디로 가려는지 너도 짐작이 되지? 과수원으

로 갈 수도 있고, 경찰서로 갈 수도 있고 말이야."

그는 돌아서 가 버리려고 했다. 나는 그의 소매를 잡고 매달렸다. 이대로 그를 돌려보내면 뒤에 어떤 일이 벌어질지 뻔하기 때문이었다.

"크로머, 부탁이야. 제발, 그렇게 하지 마. 그냥 한번 해 본 소리지?"

"그래, 그냥 한번 해 본 소리라고 볼 수도 있지. 그렇지만 넌 비싼 대가를 치러야 할걸?"

"말해 줘, 크로머! 어떻게 하면 좋지? 무슨 일이든 네가 하라는 대로 할게."

그는 실눈을 뜨고 나를 아래위로 훑어보고는 웃음을 터뜨렸다.

"흐흐, 멍청한 소리 하지 마! 난 지금 2마르크를 벌 수 있는 입장에 있다는 것을 너도 알잖아! 나는 너처럼 부자가 아냐. 너는 시계도 가지고 있잖아. 네가 2마르크를 내게 준다면 모른 척할 수도 있어."

그가 무슨 말을 하는지 알 수 있었다. 그러나 2마르크라는 돈을 어디서 구한단 말인가! 나는 한 푼도 없었다. 어머니에게 맡겨 놓은 돼지 저금통이 있기는 했다.

내가 가진 돈이라고는 그 돼지 저금통 속에 들어 있는 동전 몇 개가 전부다.

"돈은 없어. 돈을 구할 수가 없단 말이야."

나는 크로머에게 필사적으로 사정했다.

"크로머, 돈 대신 서부 인디언 이야기 책, 장난감 병정, 나침반 이런 것들을 네게 줄게."

크로머는 잠시 쓴웃음을 짓고는 땅바닥에 침을 퉤 뱉었다.

"그따위 쓰레기는 너나 가져. 나침반이라니, 나를 화나게 만들지 마! 잘 들어, 난 돈이 필요하단 말이야."

"돈이 없는데 어디서 구하란 말이야?"

"그건 내가 알 바 아니지. 돈은 네 집에 얼마든지 있잖아. 어쨌거나 내일 학교 끝나는 대로 돈을 가져와. 다시 한 번 말해 두지만 가져오지 않는 날에는 어떻게 되는지 알지?"

그는 무서운 눈초리로 나를 노려보더니 그림자처럼 어둠 속으로 사라졌다.

나는 다리가 후들거려서 집 안으로 들어갈 수조차 없었다. 나의 생활은 이제 파멸이다.

'집을 나가서 다시 돌아오지 말까? 물에 빠져 죽어 버릴까?'

하는 생각이 들었다.

나는 층층대 밑에 쭈그리고 앉아 훌쩍거렸다.

이때 장작을 가지러 내려왔던 하녀 리나가 울고 있는 나를 보았다. 나는 그녀에게 아무에게도 말하지 말라고 부탁한 뒤 위층으로 올라갔다.

유리문 오른쪽에 아버지의 모자와 어머니의 양산이 걸려 있었다. 이것들을 보고 마음이 편안해졌다. 마치 집을 나간 방탕아가 돌아와서 방들을 돌아보고 거기서 고향의 냄새를 맡고서 감사하는 것처럼 내 마음도 그러했다.

그러나 이런 것들은 이미 나의 것이 아니었다. 그것은 아버지와 어머니의 밝고 깨끗한 세계에 속한 것이었다. 그러나 나는 죄를 지어 낯선 세계에 깊이 빠져서, 모함과 죄에 휘말리고 위험과 공포 속을 헤매는 신세가 되었다.

저 모자와 양산, 오래된 자갈돌이 깔린 마루, 현관의 장 위에 걸린 커다란 그림, 거실에서 들려오는 누나의 웃음소리……. 이런 모든 것들이 그 어느 때보다도 귀중하게 느껴졌다. 그러나 그것들은 이제 내게 위로가 되지 않았다. 오히려 나를 비웃는 것 같았다.

그 고요한 기쁨에 나는 이제 더 이상 참여할 수가 없었다. 나의 발에는 매트에 비벼도 떨어지지 않는 진흙이 묻어 버렸다. 우리 집안 사람들은 밝고 깨끗한 길을 가고 있었으나 나는 어둔 곳을 헤매고 있었다.

잔혹한 운명의 손아귀가 나를 향해 뻗쳐 있었다. 어머니도 그 손아귀에서 나를 지켜 줄 수 없었다. 아니, 이 일에 대해 어머니에게는 말할 수조차 없었다.

내가 지은 죄는 도둑질을 하고 거짓말을 한 것이라기보다는 악마와 손을 잡았다는 데 있었다.

'왜 나는 크로머를 따라 갔을까? 왜 나는 아버지의 말씀을 듣는 것보다도 크로머의 말을 잘 들었을까? 왜 나는 도둑질을 했다고 거짓말을 했을까? 왜 그것이 영웅적인 행동이나 되는 것처럼 자랑스럽게 떠벌렸을까?'

이때 악마는 나의 손을 잡았던 것이다.

벽에 걸려 있는 아버지의 모자를 유심히 바라보았다.

그 순간 믿음과 희망이 내 마음속에서 솟구쳤다. 아버지에게 모든 것을 고백하고, 아버지가 내리시는 벌을 달게 받으리라. 아버지에게 사정을 털어놓고 도움을 받자. 진심으로 후회하며 용서를 비는 것이 쓰라린 괴로움을 털어 버릴 수 있는 유일한 방법이리라. 이 얼마나 달콤하고 매혹적으로 들리는가?

하지만 소용 없는 일이었다. 나는 내 자신이 그렇게 하지 않으리라는 것을 뻔히 알고 있었기 때문이다.

흙 묻은 신발을 신고 집 안으로 들어서자, 아버
지는 신발이 젖었다며 꾸중을 하셨다. 아버지의
그런 꾸중이 오히려 내 마음을 편안하게 했다.
아버지는 내 신발에 신경을 쓰느라 내가 저지른

더 큰 잘못을 눈치채지 못했기 때문이다.

그때, 한 가지 야릇한 생각을 하게 되었다. 그것은 내가 아버지보다 우월하다고 생각한 일이다. 큰 죄를 짓고 들어온 나에게, 고작 흙 묻은 신발만을 나무라는 아버지가 측은해 보였던 것이다. 마치 살인자를 잡아 놓고도 살인자인 줄은 모르고 빵 한 조각 훔친 것만을 심문하는 것처럼.

이 순간은 나의 모든 경험 중에서 가장 중요하며 가장 오랫동안 기억에 남았다. 아버지에 대한 존경심에 금이 갔으며, 내 어린 시절을 지탱해 주었던 기둥에 처음으로 상처가 난 것이다.

나는 이번 일에 대해서 곰곰이 생각한 후에 대책을 세울 필요가 있다는 것을 느꼈다. 나는 낯설어진 방 안의 분위기에 익숙해지려고 저녁 내내 애를 썼다.

벽시계와 책상, 성경책과 거울, 책장과 벽에 걸린 그림, 이 모든 것들이 내 곁을 떠나려는 것같이 느껴졌다.

나의 세계, 행복했던 나의 멋진 생활이 과거의 것이 되어 내게서 멀어져 가는 것을 가만히 바라보고만 있을 수밖에 없었다. 나는 처음으로 죽음을 생각해 보았다. 죽음은 또 하나의 새로운 탄생이며, 새 삶에 대한 불안과 걱정이었다.

오늘도 여느 날과 마찬가지로 잠자리에 들기 전에 저녁 기도 시간을 가졌다. 가족들이 모두 모여 찬송가를 불렀다. 내가 좋아하는 찬송가 중의 하나였다. 그러나 나는 부를 수가 없었다. 아버지가 축복 기도를 할 때에도 나는 기도하지 않았다. 축복 기도가 끝나자 나는 피로에 지쳐 그 자리를 떴다.

따뜻한 침대에 누워 편안함에 싸여 있었으나, 마음은 지나간 일들에 대한 생각으로 혼란스러웠다.

어머니는 늘 그랬던 것처럼 내 방에 들어와서 잘 자라는 말을 해 주셨다. 어머니가 방을 나간 후에도 어머니의 발자국 소리는 여전히 들렸고, 어머니가 들고 있는 촛불의 빛은 여전히 문틈으로 새어 들어왔다.

'이제 어머니는 다시 들어오실 거야. 어머니는 벌써 다 알고 계실 거야. 내게 부드럽게 물으실 테지. 그러면 나는 울음을 터뜨리고 모든 사실을 털어놓을 거야. 어머니는 악의 구렁텅이에서 나를 구해 주실 거야.'

그러나 문틈으로 새어 들어오던 어머니의 불빛은 사라지고 없었다. 부질없는 생각이었다.

이윽고 내 앞에 닥쳐 있는 현실로 돌아왔다. 내 눈앞에 크로머의 얼굴이 뚜렷하게 보였다. 늘 그랬던 것처럼 실눈을 뜨고 입가에는 심술궂은 웃음을 짓고 있었다.

잠이 들 때까지도 크로머에게 쫓기고 있었다. 꿈에 나타난 것은 그도 아니고 오늘 있었던 사건도 아니었다. 아버지, 어머니, 누나들과 함께 나는 배를 타고 있었으며, 휴일의 즐거움에 젖어 있었다. 그러한 즐거움으로부터 다시 현실로 돌아오면 눈앞에 크로머의 얼굴이 나타나곤 하였다.

"얘야, 어서 일어나라. 학교 늦겠다."

어머니가 급히 들어와 나를 깨웠다. 나는 아픈 시늉을 했다.

"싱클레어, 너 어디 아프니?"

나는 대답 대신 고개를 끄덕이며 토할 것 같은 흉내를 냈다. 그 때문에 아침 내내 차를 마시며 누워 쉴 수가 있었다. 나는 누워서 어머니가 옆방을 청소하는 소리와 리나가 현관에서 정육점 사람과 주고받는 소리를 기분 좋게 듣고 있었다. 학교에 가지 않은 아침은 동화 속의 세계처럼 감미로운 기분을 느끼게 해 주었다.

방 안을 비추는 상쾌한 햇살도 학교 교실의 녹색 커튼 사이로 들어오는 햇빛과는 전혀 달랐다. 그러나 오늘은 그런 것조차 내 마음을 즐겁게 해 주지 못했다.

몸이 아프면 학교에 안 갈 수는 있지만, 시장에서 나를 기다리는 크로머를 만나야 할 시간이 다가오고 있었다. 크로머와 약속한 11시가 가까워지자 나는 자리에서 일어났다. 옷을 차려입고는 몸이 조금 나아졌다고 어머니에게 말했다.

"어머니, 학교에 다녀올게요."

그러나 돈 없이 크로머를 만나러 갈 수는 없었다.

돼지 저금통에 있는 동전이라도 가지고 가야 했다. 어쩔 수 없이 어머니에게 맡겨 둔 저금통을 꺼내 와야 했다. 나는 양말을 신은 채 어머니 방에 몰래 기어 들어가서 저금통을 꺼냈다. 마음이 몹시 불편했다.

나는 아직까지 실제로 도둑질은 한 번도 하지 않았다. 저금통의 돈은 내 것이긴 하지만 생전 처음 도둑질을 한 셈이 되었다. 조금씩 내가 타락해 간다고 생각되었다.

그러나 이제 와서 돌이킬 수는 없었다. 나는 두근두근하는 가슴을 안고 돈을 세어 보았다. 저금통 속에 들어 있을 때에는 제법 많을 거라고 생각했는데, 막상 세어 보니 얼마 되지 않았다. 65페니히밖에 되지 않았다.

저금통을 지하실에 숨겨 놓고 집을 나섰다. 위층에서 누군가 나를 부를 것만 같아 서둘러서 집을 나왔다. 아직 크로머와 약속한 시간은 많이 남아 있었다.

나는 일부러 먼 길을 돌아갔다. 이때까지 가 본 적이 없는 낯선 골목길을 지나 시장으로 향했다. 지나가는 사람들이 자꾸만 나를 이상한 눈으로 바라보는 것 같았다.

　이때, 문득 우리 학교의 한 친구가 가축 시장에서 1마르크를 주운 적이 있다는 이야기가 떠올랐다.

　"하느님, 기적을 베푸셔서 나도 그런 것을 주울 수 있게 해 주십시오."

이렇게 무릎을 꿇고 기도라도 하고 싶은 심정이었다.

프란츠 크로머가 멀리서 내 모습을 알아보았다.

그는 내게로 서서히 다가왔다.

"따라와!"

그는 엄숙한 몸짓을 하며 내게 명령했다.

그는 한 번도 뒤돌아보지 않고 말없이 걸어가서 다리를 건너, 변두리에 새로 짓고 있는 집 앞에 멈추었다. 일하는 사람도 보이지 않았고, 아직 문이나 창도 달지 않은 채였다.

크로머는 주위를 한번 둘러본 다음 문으로 들어갔다. 나도 뒤를 따라 들어갔다. 그는 벽 그늘에 몸을 숨기더니 눈짓으로 나를 가까이 불렀다. 그러고는 손을 불쑥 내밀었다.

"가져온 돈 내 놔!"

그의 목소리는 아주 냉정했다.

나는 꼭 쥔 손을 호주머니 속에서 꺼냈다. 가지고 온 돈을 그가 내민 손바닥에 몽땅 털어 놓았다.

"야! 이거 65페니히밖에 안 되잖아?"

크로머는 내 얼굴을 쳐다보았다.

"이 돈이 내게 있는 것 전부야. 물론 충분하지 않다는 것도 알아."

"너 똑똑한 줄 알았는데, 머리가 나쁘구나? 난 너에게 이유 없이 돈을 달라는 게 아냐. 그건 너도 잘 알고 있지?"

"알아, 그렇지만 내게 있는 돈이 그게 전부야. 돼지 저금통을 몽땅 턴 돈이거든."

"그건 내가 알 바 아니지. 그러나 나도 널 불행하게 만들고 싶지는 않아. 넌 나에게 1마르크 35페니히의 빚이 있다는 걸 잊지 마. 그건 언제 줄래?"

"틀림없이 줄게. 지금 당장은 언제 줄 수 있을지 알 수 없지만 아무튼 빨리 주도록 할게. 이런 사정을 아버지한테 말할 수 없다는 것은 너도 알지?"

"그건 네 사정이야. 난 널 일부러 골탕먹이려는 게 아냐. 난 지금 마음만 먹으면 2마르크를 당장 받아 낼 수 있단 말이야. 너도 알다시피 난 가난뱅이야. 넌 좋은 옷도 입고, 호사스런 생활을 하고 있어. 하지만 일러바치지는 않도록 하지. 모레 휘파람으로 신호를 할 테니, 그때 만나서 끝내자. 내 휘파람 소리 알지?"

크로머는 내게 휘파람을 불어 보였다.

나는 전에도 그의 휘파람 소리를 몇 번 들은 적이 있었다.

"응, 알아."

나는 대답했다.

크로머는 아무 표정 없이 나에게서 떠났다.

지금 이 순간 크로머의 휘파람 소리를 다시 듣는다면, 가슴이 덜컥 내려앉을 것만 같은 기분이었다. 그 후로 내 귓가에는 크로머의 휘파람 소리가 언제나 맴돌았다.

밤낮 없이 줄곧 들려오는 것 같은 느낌이었다. 나는 휘파람 소리의 노예가 되었고, 그 휘파람 소리는 나의 운명이 되었다.

하늘이 청명한 가을날 오후, 주위의 모든 것들이 무지개 빛깔로 온통 물들면, 나는 우리 집 정원에서 놀곤 하였다. 그럴 때면 착하고 자유롭고 천진스러운 어린아이 노릇을 해 보기도 했다.

그러나 한창 즐겁게 놀고 있을 때면, 어디선가 크로머의 휘파람 소리가 들려와서 놀이를 망쳐 버리고, 나의 아름다운 꿈을 산산이 부숴 버렸다. 그러면 나는 정원을 떠나야만 했으며, 나를 못살게 구는 그를 따라 밖으로 나가지 않을 수 없었다.

크로머가 휘파람을 불고 그를 따라 밖으로 나가서 그에게 돈 내놓으라는 독촉을 받는 일은 몇 주일 동안 계속되었다. 나는 그 몇 주일이 마치 몇 년이라도 된 것 같이 길게 느껴졌다.

나는 좀처럼 돈을 구할 수가 없었다. 기껏해야 리나가 장바구니를 근처에 두었을 때 훔친 5페니히나 1그로센 정도였다. 내 평생 이만큼 좌절하고 절망하며 남의 노예가 된 적은 없었다. 저금통에는 장난감 돈을 채워서 제자리에 갖다 놓았다. 그러나 언제 탄로날지 몰라 조마조마하였다.

돈을 구하지 못한 채 나의 악마인 크로머를 만나는 일이 거듭되자, 그는 다른 방법으로 나를 괴롭혔다. 그의 아버지가 그에게 시킨 심부름을 대신 해 주기도 했다. 어떤 때에는 10분 동안 한 발로 서서 뜀뛰기를 해 보라거나, 지나가는 사람의 옷에 쪽지를 핀으로 꽂고 오라는 등 별별 짓을 다 시켰다.

나는 꿈속에서도 크로머 때문에 괴로워하다가 헛소리를 지르거나 식은땀을 흘리기도 하였다. 사실 얼마 동안 나는 진짜로 아팠다.

그러던 어느 날 밤, 내가 잠자리에 들려는데, 어머니가 초콜릿 하나를 가져다 주셨다. 나는 너무나 가슴이 아파서 고개를 가로저을 수밖에 없었다.

"싱클레어, 너 어디 아프니?"

어머니는 내 머리를 쓰다듬으셨다.

"필요 없어! 아무것도 필요 없단 말이야!"

나는 그만 소리를 버럭 지르고 말았다.

"싱클레어……."

어머니는 작은 목소리로 내 이름을 한 번 부르더니 초콜릿을 책상 위에 놓고 말 없이 나가셨다.

　다음날, 어머니가 어제 일에 대해 물으셨으나 나는 아무것도 생각나지 않는 체했다.

　어느 날, 어머니가 의사를 데리고 오셨다. 의사는 나를 진찰해 보더니, 매일 아침 찬물로 목욕하라는 처방을 내렸다. 그 무렵 나의 몸 상태는 말이 아니었다.

　우리 집의 평화로움과 질서 속에서 나는 기가 죽은 채 두려움과 고통스러운 나날을 보내고 있었다.

카인

카인이 훌륭한 사람이고 아벨이 겁쟁이라니!
카인의 표적은 지어 낸 이야기에 불과하다고?
그런 엉터리 같은 말이 어디 있어. 하느님을
모독해도 분수가 있지. 만일 데미안이 말한 대로라면,
하느님은 어디에 계시는 걸까? 하느님은 아벨의
제사는 받아들이시고, 카인의 제사는 받아들이지
않으셨지 않은가. 분명 하느님은 아벨을
사랑하셨다. 데미안이 한 말은 전부 헛소리야.
나는 그가 나를 놀린 거라고 생각했다.

엄청난 고통과 악의 구렁텅이에서 나를 건져 낸 일은 전혀 생각지도 않았던 것에서 일어났다.

내가 다니는 라틴어 학교에 한 학생이 전학을 왔다. 그는 우리 동네로 이사를 온 어느 돈 많은 미망인의 아들이었다. 나이도 나보다 몇 살 위였기 때문에 상급반에 배정되었다.

어딘지 남달라 보이는 이 학생은 소년처럼 보이지가 않고 어른스럽게 보여 신사 같았다. 그는 우리들의 관심을 끌기는 했지만, 그리 호감을 사지는 못했다.

하지만 그가 선생님 앞에서 자기 생각을 자신 있는 목소리로 의젓하게 말하는 모습을 보았을 때에는 호감을 갖기도 했다. 그의 이름은 막스 데미안이었다.

어느 날, 우리 교실에서 데미안 반 아이들과 함께 공부를 하게 되었다. 우리 학교에서는 가끔 있는 일이다. 우리 반은 성경 공부 시간이었고, 데미안 반은 작문 시간이었다.

선생님은 구약 성경 창세기에 나오는 카인과 아벨에 대하여 이야기했다. 카인과 아벨은 형제인데 형인 카인이 동생 아벨을 죽이게 된다는 이야기였다.

성경 이야기를 듣는 동안, 나는 줄곧 데미안 쪽으로 눈길을 향했다. 데미안의 얼굴이 내게는 유난히 매력적으로 보였다. 고개를 숙인 채 글쓰기에 열중하는 모습은, 마치 과학자가 어떤 실험에 몰두하고 있는 모습처럼 보였다.

사실 데미안은 처음부터 내게 호감을 주지는 않았다. 나보다 훨씬 잘나 보이기도 했지만, 냉정한 눈빛이나 어른스런 표정 등은 마음에 안 들었다.

그러나 좋든 싫든 내 눈은 줄곧 데미안을 향하고 있었다. 그러다가도 그와 시선이 마주치기라도 하면 깜짝 놀라 시선을 피하곤 했다.

그는 모든 점에서 다른 아이들과 달랐다. 개성이 뚜렷한 아이였다. 그는 남의 앞에 나서기를 좋아하지 않았다.

그의 태도는 시골 아이들 속에 변장하고 어울려서 그들과 똑같이 보이려고 애쓰는 왕자님의 태도와도 같았다.

학교 공부가 끝나고 집으로 돌아오는 길에 그가 내 뒤를 따라왔다.

"잠시 같이 걸을래?"

하고 그가 물었다.

그의 태도는 다정스러우면서도 어른스러웠다.

나는 기분이 우쭐해서 고개를 끄덕였다. 그리고 우리 집이 있는 데를 열심히 설명해 주었다.

"아! 거기 말이니?"

라고 말하고 그는 미소를 지었다.

"난 그 집을 알아. 대문 위에 특이한 것이 붙어 있지. 그것을 보는 순간 관심을 갖게 되었어."

그가 우리 집에 관해서 나보다도 더 잘 알고 있다는 사실에 깜짝 놀랐다. 대문 위에 있는 아치 모양의 돌에 분명히 무늬가 새겨져 있었는데, 오랜 세월이 흐르는 동안 닳아서 몇 번 칠을 입힌 것이었다. 내가 알기로는 우리 집안과는 아무 관련도 없는 그림 무늬였다.

"난 그것에 대해서 몰라. 그 그림 무늬는 새이거나 혹은 그와 비슷한 것 같은데 틀림없이 굉장히 오래된 걸 거야. 그 집이 예전에 수도원의 일부였다는 이야기는 들은 적이 있어."

"충분히 가능한 이야기지."

그는 고개를 끄덕였다.

"언젠가 한번 잘 살펴보렴. 그런 것들은 상당히 재미있는 것이 될 수 있어. 난 그게 새매처럼 보이던데……."

우리는 계속 걸어갔다.

데미안이 갑자기 재미있는 것이 생각난 듯 웃음을 터뜨렸다.

"아까 너희들 수업 시간에 이마에 표적을 단 카인 이야기를 들었지? 그 이야기 재밌었니?"

'재미없어. 우리가 배우는 것들 모두 따분할 뿐이야.'

이렇게 말하고 싶었지만 차마 그렇게 이야기할 수 없었다.

난 그 이야기에 별로 신경 쓰지 않는다고 말했다.

데미안이 웃으며 내 등을 툭 쳤다.

"내 앞에서는 마음에 없는 말을 할 필요 없어. 하지만 카인과 아벨 이야기는 상당히 관심을 가질 만한 이야기야. 너희 선생님은 그 이야기를 아주 간단히 다루더라."

데미안은 이야기를 중단하고는 미소를 지으며 내게 물었다.

"너, 이 이야기 재미있니?"

그는 계속해서 이야기했다.

"어쨌든 카인에 대한 이야기는 너희 선생님의 생각과 내 생각과는 차이가 있어. 물론 우리가 학교에서 배우는 것은 대부분 진실된 것이라고 믿어. 하지만 선생님과 시각이 다른 것들도 있지. 예를 들면, 어떤 이는 카인과 그 이마에 찍힌 표적에 대해서 부정적인 생각을 가지고 있거든. 형제들끼리 싸움을 하다가 동생을 죽인다는 것은 드물긴 하지만 있을 수 있는 일이야. 그리고 당황하고 후회한다는 것도 충분히 이해할 수 있는 일이지. 그러나 그가 겁이 많기 때문에 자신을 보호하고, 하느님이 무서운 분이란

것을 다른 모든 사람에게 알려 주기 위해
표적을 얻어 이마에 붙였다는 것은 상당히
이상하지, 그렇지 않아?"

"그건 그래."

나도 흥미를 느껴서 대답했다.

"그럼, 이 이야기를 달리 해석한다면 어

떤 뜻일까?"

데미안이 내 어깨를 두드렸다.

"그건 아주 간단해. 카인의 이마에 붙어 있는 표적이 문제야. 사람들은 카인을 두려워해서 감히 그를 해칠 생각을 할 수도 없었지. 사람들이 카인을 두려워하고 가까이하려고 하지 않은 것은 이마 위에 우체국 도장처럼 찍힌 표적 때문은 아니야. 카인은 보통 사람에게서는 볼 수 없는 남다른 지혜와 용기를 가지고 있었던 거야. 그래서 두려워했던 거지. 무슨 얘긴지 알겠니?"

"그래, 그렇다면 카인은 나쁜 사람이 아니란 말이지? 그리고 성경에 나오는 이야기는 사실이 아니라는 거야?"

"그렇다고 할 수도 있고 그렇지 않다고도 할 수 있지. 내가 말하고 싶은 것은 카인이란 사람은 훌륭한 사람이라는 것, 그리고 세상 사람들이 그를 두려워한 나머지 그런 이야기를 그에게 갖다 붙였을 뿐이라는 거야. 카인과 그 자손이 진짜로 일종의 표적을 가지고 있고 세상의 평범한 사람들과는 다른 데가 있다는 점에서 그 이야기는 결코 거짓말이 아니지."

"그럼 카인이 동생 아벨을 죽였다는 것도 사실이 아니라고 생각해?"

"아니, 그건 사실이야. 강자가 약자를 죽인 거지. 그러나 아벨이 진짜 그의 동생이었는지는 확실하지 않아. 아무튼 그때부터 다른 약자들은 그를 두려워하게 되었어."

데미안의 이야기는 끝날 줄을 모르고 계속되었다. 그는 똑똑하고 말도 잘했다.

"아이쿠! 이거 너무 오래 붙잡고 있었구나. 그럼 또 만나자."

그는 알트가세 거리로 가 버리고, 나는 허탈한 마음으로 혼자 남겨져 있었다. 그가 사라져 버리자 그가 한 모든 말들이 전혀 믿을 수 없게 느껴졌다.

카인이 훌륭한 사람이고 아벨이 겁쟁이라니! 카인의 표적은 지어 낸 이야기에 불과하다고? 그런 엉터리 같은 말이 어디 있어. 하느님을 모독해도 분수가 있지. 만일 데미안이 말한 대로라면, 하느님은 어디에 계시는 걸까? 하느님은 아벨의 제사는 받아들이시고, 카인의 제사는 받아들이지 않으셨다. 분명 하느님은 아벨을 사랑하셨다. 데미안이 한 말은 전부 헛소리야. 나는 그가 나를 놀린 거라고 생각했다.

나는 데미안의 이야기를 듣기 전까지는 성경에 대해 그토록 깊이 있게 생각해 본 적이 없었다.

덕분에 데미안과 같이 있는 동안에는 프란츠 크로머에 대한 생각을 새까맣게 잊어버릴 수가 있었다.

집에 돌아온 나는 성경을 펼치고 창세기를 읽어 보았다. 카인과 아벨에 관한 이야기는 아주 짤막하고 분명했다. 사람을 죽인 자는 분명 하느님의 벌을 받도록 되어 있다. 데미안의 말은 터무니없는 것이었다.

하지만 데미안의 말을 생각해 보던 나는, 순간 내게 뭔가 크게 잘못된 점이 있다는 느낌이 들었다. 나는 지금까지 밝고 깨끗한 세계에서 살아왔다. 나 자신이 일종의 아벨이었던 셈이다. 그런데 지금 나는 다른 세계에 빠져들어 깊게 가라앉아 버렸다.

크로머와 관련된 나의 불행이 시작된 그 운명의 저녁에 나는 아버지에 대해 어떤 감정이었던가. 내 신발이 젖은 것을 꾸중하면서 나에게 숨겨진 죄를 몰라보는 아버지에 대해 나는 은근히 우월감을 느끼지 않았던가. 그때 나 자신이 바로 카인이었다.

데미안이 카인의 이마에 찍힌 표적에 대해서 얼마나 기이한 해석을 했던가? 이러한 이야기를 할 때, 뚜렷하고 어른스런 그의 눈동자는 얼마나 빛났던가? 이러한 것들을 곰곰이 생각해 볼 때 데미안 자신이 카인은 아닐까? 하는 의문이 스쳐 갔다. 자기 자신이 카인을 닮았다고 느끼기 때문에 카인을 변호한 것이 아닐까?

이러한 생각들에 대한 결론은 내리지 못했다. 나의 어린 영혼이라는 옹달샘에 돌멩이 하나가 던져진 것이었다.

나는 데미안이 다른 학생들에게도 호감을 주고 있다는 것을 알았다. 그래서인지 그에 관하여 여러 소문이 떠돌았다.

그의 어머니는 돈 많은 부자이며, 데미안이나 그의 어머니는 둘 다 교회에 다니지 않는다고 했다. 그들은 유대인이었으나 회교를 믿는다는 이야기도 있었다.

또 막스 데미안이 힘이 세다는 소문도 부풀려져 나돌았다. 반에서 가장 힘센 아이가 데미안에게 싸움을 걸었다가 오히려 당했다고도 한다. 그 광경을 본 아이들의 말에 의하면, 데미안이 한 손으로 그 애의 멱살을 잡고 얼굴이 창백해질 때까지 조였다고 한다. 그 뒤에 그 아이는 슬금슬금 달아났고 일주일 동안 팔을 쓰지 못했다고 한다. 어느 날 저녁에는 그 아이가 죽었다는 소문마저 떠돌았다.

그동안에도 프란츠 크로머와 나의 관계는 계속되었다. 나는 크로머에게서 빠져나올 수가 없었다. 그는 꿈에도 나타났다. 크로머가 나타난 꿈 중에서도 가장 무서웠던 것은 내가 아버지를 죽이려고 한 꿈이었다.

꿈속에서 크로머가 칼을 갈아 내 손에 쥐여 주었다. 크로머와 나는 큰 도로의 가로수 뒤에 서서 누군가를 기다리고 있었다. 누

구를 기다리는지 난 알 수 없었다. 누
군가가 다가오자 크로머는 내 팔을
잡아끌며 저 사람이 바로 내가 찔러
야 할 사람이란 것을 알려 주었다. 그
는 놀랍게도 나의 아버지였다. 그 순
간 나는 잠에서 깨어났다.

그 꿈을 꾼 후, 나는 카인과 아벨의 이야기를 다시 생각해 보았다. 그러나 막스 데미안에 대해서는 전혀 생각하지 않았다.

데미안이 다시 내게 다가온 것은 이상하게도 역시 꿈속에서였다. 나는 또 폭행당하는 꿈을 꾸었는데 이번에는 나를 때리는 사람이 크로머가 아니라 데미안이었다. 그런데 크로머라면 반항하며 고통스러워했을 텐데 데미안으로 바뀌자 즐거움과 두려움이 뒤섞인 묘한 감정이 느껴졌다.

데미안이 나타난 꿈을 두 번 꾸었다. 그 후로는 다시 크로머만 나타났다.

어쨌거나 크로머와의 나쁜 관계는 계속되었다. 내가 조금씩 훔쳐 낸 돈으로 마침내 빚을 다 갚았다. 그래도 그와의 관계는 계속되었다. 내가 돈을 가져갈 때면 언제나 어디서 났느냐고 묻곤 했다. 결국, 내가 돈을 훔쳐서 준다는 사실을 크로머가 알게 되었다. 그런 이유로 나는 전보다 훨씬 더 확실히 그의 손아귀에서 벗어날 수 없게 되었다.

크로머는 우리 아버지에게 모든 것을 말해 버리겠다고 협박했다. 그럴 때면 나는 들킬 것에 대한 두려움보다는 처음부터 아버지에게 고백하지 못한 것이 후회되었다.

때로는 이렇게 될 수밖에 없었다고 스스로 위로하기도 하였다.

이상한 악령에 사로잡힌 나는, 우리 가족들의 분위기에 적응할 수 없었다. 그러나 때로는 마치 잃어버린 낙원에 다시 돌아가는 것처럼 내 가족의 분위기 속으로 돌아가고 싶은 열망에 휩싸이곤 했다.

특히 어머니는 나를 병자로 취급했으며, 누나들도 나를 불쌍히 여겼다. 어쨌든 내가 악마에게 사로잡혔다고 생각하는 것이 분명했다.

식구들은 모두 나를 위해 열심히 기도해 주었다. 그러나 그런 기도가 모두 헛된 일이라는 것도 물론 알았다.

어느 비 오는 날이었다. 크로머는 나에게 부르크플라츠 광장으로 나오라고 하였다. 나는 광장에 서서 그를 기다리는 동안 거무죽죽한 밤나무의 젖은 낙엽들을 발로 휘젓고 있었다.

크로머에게 줄 과자 두 개를 가져왔다. 돈 대신 바칠 것이었다. 마침내 크로머가 나타났다. 내 옆구리를 두어 번 쿡쿡 찌르고는 웃으며 과자를 받았다.

"담배 한 대 피울래?"

그는 나에게 눅눅해 보이는 담배 한 개비를 주려고 했다. 나는 그것을 받지 않았다. 그는 여느 때보다 상냥했다.

그러다 헤어질 무렵 엉뚱한 말을 꺼냈다.

"너 다음에 나올 때에는 너의 누나를 데리고 나와. 누나 이름이
뭐라고 했지?"

나는 영문을 몰라 그의 얼굴을 멍하니 쳐다보기만 했다.

"무슨 말인지 모르겠니? 너의 누나를 데려오란 말이야."

이것은 녀석이 흔히 쓰는 수법이다. 녀석은 도저히 불가능한
요구를 하고 나서 나의 기를 죽인 다음 진짜 요구를 하곤 했다.

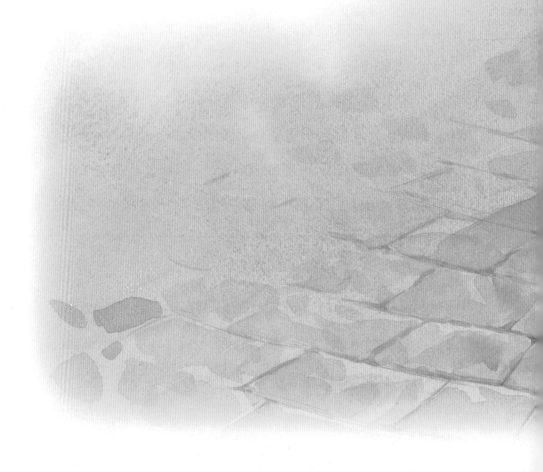

그러면 나는 돈을 주거나 물건을 주기로 하고 위기를 넘겨 왔다.

"그건 안 돼. 데려올 수 없을 뿐만 아니라, 누나도 절대 나오지 않을 거야."

그러나 이번에는 사정이 달랐다.

내가 거절했는데도 전혀 성을 내지 않았다.

"어쨌든 다시 한 번 생각해 봐. 난 너의 누나와 친하게 지내고 싶단 말이야. 너는 그저 네 누나를 산책할 때 같이 데리고 나오기만 하면 돼. 그러면 내가 우연히 만난 것처럼 할 테니까. 내일 다시 휘파람을 불 테니 그때 만나 또 얘기하자."

그가 가 버린 뒤, 그가 왜 우리 누나를 만나려는지 짐작할 수 있었다. 남자와 여자가 어느 정도 나이가 들면 서로 만나서 뭔가 비밀스럽고 금지된 행동을 한다는 것을 들어서 알고 있었다.

나에게 새로운 고문이 시작된 것이다.

나는 위로받을 수 없는 슬픔에 잠긴 채 두 손을 호주머니에 넣고 텅 빈 광장을 가로질러 집으로 향했다.

바로 그때, 등 뒤에서 누가 나를 불렀다.

나는 깜짝 놀라서 달아났다. 크로머가 쫓아오는 줄 알았다. 누군가 다가와 내 어깨를 부드럽게 잡았다. 뜻밖에도 그는 막스 데미안이었다.

"이런! 너였구나?"

나는 깜짝 놀라 말했다.

"왜 그렇게 놀라니?"

데미안이 내 얼굴을 빤히 내려다보았다. 그의 눈은 어른스러워 보였고 내 마음속을 훤히 들여다보는 것 같았다.

"놀라게 해서 미안해. 그렇지만 너 지금 누구에게 쫓기는 것같이 보여. 설마 나를 두려워하는 건 아니겠지?"

"내가 왜 너를 두려워하겠니? 그렇지 않아."

"그럼 그게 누구니? 네가 두려워하는 사람이 누구냐고?"

나는 대답을 못 하고 우물쭈물했다.

"겁쟁이들은 마음이 늘 불안하지. 그렇다고 네가 겁쟁이라는 건 아냐. 그렇지만 넌 지금 무언가를 두려워하고, 또 어떤 사람을 겁내고 있어. 내 말이 맞지?"

"그런 거 난 몰라. 제발 나를 그냥 내버려 둬."

나는 달아나려고 빨리 걸었으나, 데미안도 내 걸음 속도에 맞추어 빨리 걸었다. 그가 옆에서 나를 쳐다보는 것을 느꼈다. 그는 다시 내게 말을 걸어왔다.

"예를 들어, 내가 너에게 호감을 가지고 있다고 치자. 그러면 넌 나를 두려워할 이유가 없지. 내가 한 번 네 마음을 읽어 볼까?

사람의 마음을 읽는 것을 독심술이라고 해."

나는 아무 대꾸도 하지 않았다.

"자, 잘 들어 봐. 넌 내가 불렀을 때 소스라치게 놀라서 달아났
어. 그건 네가 누군가를 두려워하고 있다는 증거야. 네가 어떤
사람을 무서워하거나 두려워한다면 거기에는 반드시 이유가 있
지. 예를 들어, 네가 어떤 잘못을 저질렀을 때, 그것을 아는 사람
이 있다면 그 사람은 너에게 두려움을 주는 사람이 되는 거지. 어
때, 내 추측이 맞지?"

나는 당황할 수밖에 없었다.

데미안은 마술사처럼 내 앞에 서 있었다.

"우리 재미있는 실험을 계속해 볼까? 우리가 알아 낸 것은 S라
는 소년이 잘 놀란다는 것, 그리고 누군가를 두려워한다는 사실
이지. 아마도 그 누구에게 자기의 비밀을 들켰을 것이라고 추측
할 수 있지. 내 말이 대충 들어맞았지?"

나는 꿈속에서처럼 그의 목소리에 압도당하고 있었다.

나는 그저 고개를 끄덕일 뿐이었다. 데미안은 내 어깨를 힘 있
게 툭툭 두드려 주었다.

"내 그럴 줄 알았어. 한 가지만 더 묻겠는데, 조금 전에 부르크
플라츠 광장에서 너와 헤어진 친구의 이름이 뭐니?"

나는 몹시 놀랐다. 나의 비밀을 건드린 것이다.

"친구라니, 누구 말인데?"

그는 웃음을 터뜨렸다.

"그 친구 이름이 뭐냐구."

"프란츠 크로머 말이야?"

그는 만족한 듯 고개를 끄덕였다.

"좋았어. 우린 앞으로 친구가 될 수 있을 거야. 그래서 말인데 그 녀석 아주 나쁜 놈이지? 넌 어떻게 생각해?"

"나도 그렇게 생각해. 그렇지만 그 녀석한테는 아무 말도 하지 않았으면 좋겠어."

"안심해. 그는 가 버렸어. 그리고 날 알지도 못해. 그렇지만 그를 만나고 싶어. 공립 초등학교에 다닌다지?"

"응, 맞아."

"몇 학년이야?"

"5학년이야. 하지만 그에게 제발 아무것도 말하지 말아 줘."

"걱정하지 마. 너한테는 아무 일도 없을 테니까. 난 너를 괴롭힐 생각은 없어. 어쨌든 네가 그를 무서워한다는 것은 잘못된 거야. 네가 두려움에서 벗어나려면 사나이답게 당당해져야 돼. 너도 그것을 인정하지?"

"그렇기는 하지만 넌 잘 몰라."

"너 혹시 그 녀석한테서 돈이라도 빌렸니?"

"응, 그런 셈이지만 그건 중요하지 않아. 그 이상의 말 못 할 고민이 있어."

"내가 그 돈을 갚아 주면 안 될까?"

"아냐, 그 문제가 아냐. 너 아무에게도 말하지 않겠다고 약속할 수 있어?"

"날 믿어도 돼, 싱클레어. 하지만 언젠가는 네 비밀을 나에게 이야기하게 될 거야."

"절대로 그런 일은 없을 거야."

나는 소리쳤다.

"그런데 넌 내가 비밀을 가지고 있다는 것을 어떻게 알았어?"

나는 데미안이 나에 대한 여러 가지 사실을 알고 있다는 것이 무척 부담스러웠다.

"어쨌거나 넌 그 녀석에게서 벗어나야 해. 달리 방법이 없다면 그를 죽일 수도 있어. 난 무조건 너를 도울 거야."

나는 새로운 불안을 느꼈다. 갑자기 카인의 이야기가 떠올라서 다시 불안해지기 시작했다. 나는 훌쩍훌쩍 울었다.

"알았어. 이제 그만 할게."

막스 데미안은 미소를 지었다.

"자, 이제 집으로 돌아가자. 무슨 방법을 찾을 수 있을 거야."

집으로 돌아온 나는 마치 1년 동안이나 집을 떠나 있었던 것 같은 느낌이 들었다. 모든 것이 달리 보였다. 나는 이제 외톨이가 아니었다. 나는 지금까지 몇 주일 동안이나 비밀을 가슴에 간직한 채 두려움에 떨고 있었다는 것을 비로소 깨달았다. 이제 구원의 손길이 신선한 바람처럼 나를 향해 불어 왔다.

우리 집 앞에서 들려오던 휘파람 소리는 하루가 지나고 이틀이 지나고, 일주일이 지나도록 들리지 않았다.

그러나 나는 새로이 찾아온 이 자유를 믿지 못하고, 프란츠 크로머가 다시 나타날 것이라는 상상을 지우지 못했다. 그러한 상상은 내가 크로머와 마주칠 때까지 계속되었다.

드디어 어느 날 크로머와 마주쳤다. 내가 눈에 띄자 그는 흠칫 놀라더니 갑자기 뒤돌아서 가 버렸다.

나로서는 상상도 할 수 없는 일이었다. 바람처럼 다가온 기쁨이 나를 짜릿하게 감쌌다.

그런 일이 있고 얼마 지나지 않아서였다. 데미안이 학교 앞에서 나를 기다리고 있었다.

"안녕! 데미안."

"잘 지냈니? 싱클레어. 요새는 크로머가 널 괴롭히지
않지?"

"네가 그 녀석을 어떻게 했구나? 어쩐지 날 보더니 피
하더라."

"잘됐다. 만약 그 녀석이 너를 또 괴롭히면 '데미안을

잊었냐?'라고 말하면 돼."

"그런데 대체 어떻게 된 거야? 그 녀석을 때려눕히기라도 한 거야?"

"아니, 난 일을 힘으로 처리하지 않아. 그냥 조용히 말을 했을 뿐이야. 남을 괴롭히는 짓을 하지 않는 게 자신을 위하는 것이라는 사실을 알게 해 주었을 뿐이지."

"설마 그 녀석에게 돈을 준 건 아니겠지?"

"물론이지. 그 방법은 벌써 네가 써먹었잖아."

나는 좀 더 자세한 이야기를 듣고 싶었으나, 데미안은 서둘러 가 버렸다. 아무튼 데미안은 나를 크로머의 손아귀에서 벗어나게 해 주었다. 나는 더 이상 괴로움을 당하지 않았다.

나는 다시 부모가 있고 누나가 있고 향긋한 내음이 있는 밝고 평화로운 세계로 돌아왔다.

데미안과 몇 마디 주고받은 다음날, 나는 확실하게 자유를 되찾았다. 나는 어머니에게 모든 것을 털어놓았다. 어머니는 모든 사정을 이해하신 것은 아니었으나, 내가 정신적으로 건강해진 것을 무엇보다도 기뻐하셨다.

돌아온 탕자를 위한 잔치가 벌어졌다. 어머니는 나를 아버지께 데리고 가셨다. 아버지도 나의 머리를 쓰다듬으시고 오랜 두려움과 고통에서 벗어난 것을 기쁘게 생각하셨다.

반 년이 지났다. 어느 날 산책길에서 아버지에게 카인에 대해 물었다.

"아버지, 어떤 사람들은 카인이 아벨보다 훌륭하다고 말하는데 내 생각은 그렇지가 않아요. 아버지가 설명 좀 해 주세요."

"그런 생각은 이미 원시 기독교 시대부터 있었지. '카인파'라는 교파에서 그런 주장을 퍼뜨렸단다. 그 미친 교파는 정상적인 신앙을 파괴하려는 악마의 짓이라고 보면 돼. 허나 그런 교파는 이미 오랜 옛날에 지구상에서 그 자취를 감추었단다. 넌 그런 생각을 절대 하지 마."

강도

"죄를 지었으면 당당하게 죽는 게
마땅하지 않을까? 만약 나에게 두
강도 가운데 한 사람을 친구로
택하라면 회개하지 않은 자를 택할
거야. 그자야말로 믿을 수 있는
사람이거든. 그는 최후까지
자신의 길을 걸었으니까. 너는
어떻게 생각하니?"

프란츠 크로머와 힘들고 괴로운 일이 있은 지 여러 해가 지났다. 프란츠 크로머는 오래전에 내 생활 속에서 자취를 감추었다.

그러나 막스 데미안은 내 생활 주변에서 계속 맴돌고 있었다. 그러다가 서서히 다가와 나의 생활에 영향을 주기 시작했다.

나는 그 당시의 데미안에 대한 기억을 더듬어 보았다. 1년 이상, 나는 그와 단 한 번도 이야기를 나누지 않은 것 같다. 나는 그를 멀리했고 그 역시 내게 가까이 다가오려고 하지 않았다. 가끔 마주치는 일이 있어도 그저 고개만 서로 끄덕일 뿐이었다.

그는 항상 남달라 보였고, 자기만의 생각 안에서 자기 방식대로만 살아갔다. 아무도 그를 좋아하지 않았다. 그의 어머니만 그를 좋아했다. 그런데 어머니가 자식을 사랑하는 관계라기보다는 어른과 또 다른 어른 사이의 관계처럼 보였다.

선생님들도 데미안에게 썩 좋은 감정을 갖고 있지 않았다. 그는 모범적인 학생이긴 했으나 선생님에게 무례한 행동을 할 때도 있었다. 그가 선생님의 의견에 대해 날카로운 비판을 했다는 소문도 가끔 들려왔다.

눈을 감고 옛날을 생각해 보았다. 눈앞에 데미안의 모습이 떠올랐다.

'그곳이 어딜까? 맞아! 생각났어. 바로 우리 집 앞 좁은 골목길

이었어.'

어느 날 나는 그가 거기에 서서 그림을 그리는 것을 보았다. 우리 집 대문 위에 있는, 새가 그려진 문장을 그리고 있었다. 나는 창가 커튼 뒤에 서서 그의 모습을 지켜보았다. 문장을 그리는 데 열중한 그의 얼굴은 냉엄하고도 맑아 보였다. 그것은 어른스런 얼굴이었으며, 의지에 찬 얼굴이었다.

또 다른 모습이 떠오른다. 학교에서 돌아오던 길에 나는 또 데미안을 보았다. 길에는 말이 한 마리 쓰러져 있었고 사람들이 그 주위에 빙 둘러서서 구경을 했다.

말은 짐수레에 매인 채 누워 있었는데 콧구멍을 벌름거리며 애처롭게 콧김을 내뿜고 있었다. 그리고 어디에 상처가 났는지 보이지는 않았지만, 피가 흘러 길바닥을 붉게 물들이고 있었다.

속이 메스꺼워 고개를 돌리자 데미안의 모습이 눈에 들어왔다. 그는 사람들 뒤에 점잖게 서 있었다.

그의 눈은 말의 머리에 고정되어 있었는데 무슨 생각엔가 깊이 빠진 듯했다.

내가 본 데미안의 얼굴은 소년의 얼굴이 아니라 어른의 얼굴이었다. 뿐만 아니라 완전히 어른의 얼굴이라기보다는 여성스런 얼굴이기도 했다. 어쨌든 데미안이 우리들과는 아주 달랐다는 것만은 확실하게 기억할 수 있다.

몇 년이 지난 후, 나는 그와 좀 더 가까워질 수 있었다. 데미안은 견신례(교회에서 세례를 받은 뒤 신앙 고백을 하고 정회원이 되는 의식)를 자기 또래의 아이들과 함께 받지 않았다. 그런 까닭으로 아이들은 그가 유대교인이거나 이단 종교를 믿는다고들 말했다.

결국 그의 어머니는 2년 후가 되어서야 데미안에게 견신례 수업을 받게 했다. 그래서 그는 내가 다니는 견신례 반에서 같이 공부하게 되었다.

같은 교실에서 공부를 했지만, 한동안 나는 그를 가까이 하지 않았다. 그것은 데미안이 너무 많은 소문들과 비밀을 가지고 있었기 때문이었다. 게다가 프란츠 크로머와의 사건이 있은 후부터 데미안에 대하여 부담감을 가지고 있었다.

그 당시 나는 사춘기에 접어들었다. 목사님의 수업 내용은 신성하였지만 내게는 현실적이지 못했다. 엉뚱하게도 나는 자극적인 것을 찾고 있었던 것 같다. 나는 수업에 흥미를 느끼지 못했고, 내 관심은 다시 막스 데미안에게로 쏠렸다.

어느 이른 아침, 목사님은 카인과 아벨의 이야기를 시작했다. 나는 졸음이 와서 주의를 기울이지 않았다. 그런데 카인의 표적에 대해 목사님이 큰 소리로 이야기하기 시작했다. 그 순간 눈을 번쩍 떴다. 앞줄 가운데에서 반쯤 몸을 돌리고 나를 쳐다보는 데미안을 보았다. 나는 갑자기 긴장해서 목사님의 말을 들었고, 카인과 표적에 대해서 말하는 것을 들었다.

며칠 후에 데미안은 내 앞자리로 옮겨 왔다. 나는 그의 목에서 풍겨 나오는 비누 향기를 아침마다 즐길 수 있었다. 그리고 다시 며칠이 지난 어느 날, 그는 다시 자리를 바꾸었고 지금은 내 옆자리에 앉아 있다. 그는 겨울이 지나고 봄이 되도록 내내 그 자리를 떠나지 않았다.

나는 이제 아침 수업 시간이 지루하지 않았다. 데미안과 나는 목사님의 말씀을 열심히 들었다. 그러나 때때로 수업에 전혀 열중하지 않는 때도 있었다. 그렇다고 떠들거나 장난을 치거나 해서 꾸중들을 만한 일은 절대 하지 않았다.

우리는 매우 조용히 눈짓으로나 몸짓으로만 일을 벌였다. 예를 들면 이런 아주 특별한 재주다.

"내가 엄지손가락으로 손짓을 할 때 잘 봐. 그러면 내가 가리킨 아이가 우리를 보거나 목덜미를 긁을 거야."

수업이 시작되었고 그의 말을 잊어버리고 있을 때였다. 데미안이 내게 엄지손가락을 내보이며 어떤 아이를 가리켰다.

내가 재빨리 그쪽을 바라보니 그 아이가 마치 줄에 매여 있는 인형처럼 고개를 돌려 우리 쪽을 바라보았다.
아무리 생각해도 신기하기만 했다. 나는 이것
을 목사님에게 시험해 보라고 제안했으나 그는
거절했다.

한 번은 내가 숙제를 하지 않은 적이 있었다.
수업 시간 전에 나는 데미안에게 부탁했다.

"나 오늘 숙제를 못 해 왔거든. 목사님이 날
지목하지 않게 해 줄 수 있어?"

"알았어. 도와줄게."

그날 목사님은 교리 문답서의 한 구절을 외우게 하려고 학생들을 둘러보았다. 목사님의 눈길이 내 얼굴에 머물렀다. 목사님은 나를 가리키며 내 이름을 부르려고 하다가 갑자기 옷깃을 만지작거리더니 데미안 쪽으로 다가갔다. 그리고 데미안의 이름을 부를 듯하더니 갑자기 돌아서 다른 학생을 지목했다.

나는 이러한 일들이 무척 흥미로웠다. 그는 내게도 똑같은 장난을 하였다. 학교에 가는 도중에 내 뒤에서 데미안이 따라오는 것 같은 느낌이 들 때가 있었다. 그럴 때 얼른 뒤돌아보면 실제로 거기에 데미안이 있었다.

"너는 정말로 네가 마음먹은 대로 다른 사람의 몸과 마음을 조정할 수 있는 거니?"

내가 데미안에게 물었다.

데미안은 차분한 목소리로 대답했다.

"그렇지 않아. 불가능한 일이야. 하지만 누군가를 매우 주의 깊게 관찰할 수는 있지. 그러면 그 사람이 무슨 생각을 하고 있는지를 어느 정도 알 수 있어. 또한 다음 순간 그가 무엇을 할 것인지도 대충 짐작할 수 있지. 그것은 아주 간단한 것이지만 많은 연습이 필요해. 자기의 모든 의지력을 어떤 하나의 목표에 집중시키기 위한 연습이 필요하다는 말이지. 그러면 너는 그가 자기 자신을 아는 것보다 더 많이 그에 대하여 알게 될 수도 있지."

"의지가 얼마나 중요한 것인지 예를 들어 설명해 줄 수 있겠니?"

"물론이지. 지금 우리 목사님은 안경을 쓰고 계신데, 만약 네가 목사님을 향하여 안경을 쓰지 않게 해 달라고 기도한다면 그건 의지가 아니라 단순한 장난에 지나지 않기 때문에 이루어질 수가 없어. 그러나 지난 가을에 내가 네 앞자리로 자리를 옮겨야겠다는 굳은 의지를 가지고 있었을 때에는 성공할 수가 있었지. 그 당시 알파벳 순으로 내 앞에 앉아야 할 아이가 몸이 아파 결석을 하고 있었어. 그런데 그 아이가 갑자기 출석을 한 거야. 누군가가 자리를 양보해야 했고, 내가 자리를 양보한 거였지. 바로 내 의지가 기회를 기다렸기 때문에 가능한 일이었어."

"그래, 나 역시 이상하다고 생각했어. 우리가 서로 관심을 갖기 시작한 순간부터 너는 나에게 차츰차츰 가까이 다가왔어. 그런데 왜 처음부터 내 옆으로 오지 않고 앞자리에 있다가 온 거야?"

"처음에는 그냥 자리를 옮기고 싶다고만 생각했을 뿐, 어디로 가고 싶은지 몰랐어. 그냥 뒤쪽에 앉고 싶다고만 생각했어. 그런데 네 앞자리에 앉고 보니, 내가 네 옆자리에 앉기를 원한다는 사실을 깨달았어."

"그때에는 새로 들어온 학생도 없었는데 어떻게 내 옆자리로 올 수 있었지?"

"그건 간단해. 그냥 내가 원하는 대로 네 옆자리로 옮겼던 거야. 나와 자리를 바꿔 준 아이도 별 말 없이 바꾸어 주더라. 그런데 목사님은 뭔가 좀 이상하다고 생각하셨을 거야. 내 이름은 데미안이고 따라서 D자로 시작되는데, 뒤쪽 S자로 시작하는 아이들 사이에 앉아 있으니 이상하다고 생각하는 게 당연하지. 그러나 목사님이 이따금 이상하다고 생각하여 내 쪽을 바라볼 때면 나의 의지가 방해하여 목사님의 생각을 흐려 놓곤 했지."

"어떤 방법으로 방해를 하는데?"

"이상하다고 생각하며 목사님이 나를 볼 때마다, 목사님의 눈을 뚫어져라 쳐다보는 거야. 그러면 대부분의 사람들은 눈을 돌리고 우물쭈물하고 말거든. 그러나 전혀 움직임이 없는 사람도 있어. 그럴 때에는 단념하는 것이 좋은데, 그런 경우는 아주 드물어. 내 주위에는 그런 사람이 딱 한 사람 있어."

"그게 누구야?"

나는 재빨리 물었다.

그는 무슨 생각에 잠길 때면 언제나 그렇듯이 눈을 가늘게 뜨고 나를 바라보았다. 그러고 나서 머리를 돌려 먼 산을 바라보고는 아무 대답도 하지 않았다.

몹시 궁금하기는 했으나 더 이상 캐물을 수가 없었다. 단지 내 짐작으로는 그의 어머니일 것이라고 생각할 뿐이었다. 그는 어머니와 아주 잘 지내는 것 같았다. 하지만 어머니에 대해서 한 마디도 한 적이 없었고, 나를 집에 초대한 적도 없었다. 그러니 그의 어머니에 대해 아는 것이 아무것도 없었다.

이따금 나는 데미안이 가르쳐 준 방법으로 내 의지를 어떤 것에 집중시켜 보려고 무척 노력했다. 그러나 한 번도 성공하지 못했다. 나는 그 사실을 데미안에게 말할 용기가 없었다.

그 무렵 나는 데미안의 영향을 받아 나의 신앙심에 여러 문제가 생겼다. 그러나 종교적인 것에 관하여는 불신앙을 주장하는 동료 학생들과 달랐다.

이따금 그들은 하나의 신을 믿는다는 것이 매우 우스운 일이고 가치 없는 것이라고 떠들어 댔다. 심지어 동정녀 마리아에게서 예수가 태어났다는 이야기는 웃기는 이야기라며, 그런 얼빠진 이야기를 오늘날까지 믿는 자들은 부끄러운 줄 알아야 한다는 심한 말까지 했다.

나는 결코 그렇게 생각하지 않았다. 나는 어린 시절부터 부모

님의 경건한 신앙 생활을 보아 왔으며, 그러한 환경
속에서 생활해 왔기 때문이다.

나는 신앙적으로 여전히 깊은 경건함 속에 있었

다. 다만, 데미안의 이야기를 들은 후부터는 종교에 대해 좀 더 자유롭게, 그리고 좀 더 상상력을 가지고 해석할 수 있도록 마음의 문을 열어 놓았다.

어쨌든 나는 데미안의 설명을 언제나 기쁘게 받아들였다. 그러나 가끔 받아들일 수 없는 것도 있기는 했다. 가령 카인에 대한 해석 같은 경우는 나의 생각과 달랐다.

목사님은 골고다 언덕에 대해 이야기하고 있는 중이었다. 예수 그리스도의 십자가 고난과 죽음에 대한 성경 말씀은 내가 아주 어렸을 때부터 나에게 깊은 인상을 남겼다.

수업이 끝났을 때 데미안이 나에게 말했다.

"싱클레어, 이 이야기에는 내 마음에 들지 않는 부분이 있어. 예수와 함께 십자가에 달린 두 강도에 대한 이야기 말이야. 언덕 위에 세 개의 십자가가 서 있다는 건 실로 위풍당당한 일이지. 그런데 두 강도 중에 한 명이 죽음 앞에서 눈물을 흘리며 회개를 했다고? 이건 좀 감상적인 이야기가 아닐까? 죄를 지었으면 당당하게 죽는 게 마땅하지 않을까? 만약 나에게 두 강도 가운데 한 사람을 친구로 택하라면 회개하지 않은 자를 택할 거야. 그자야 말로 믿을 수 있는 사람이거든. 그는 최후까지 자신의 길을 걸었으니까. 너는 어떻게 생각해?"

나는 순간 몹시 당황했다. 그의 해석은 위험한 것이라고 생각했다. 적어도 죄를 회개하는 것을 비겁한 행동이라고 볼 수는 없기 때문이다.

마침내 견신례를 받는 날이 가까워졌고, 종교 수업의 마지막 몇 시간에는 '최후의 만찬'에 대한 공부였다. 이것은 목사님이 매우 중요하게 생각하는 내용이어서 설명도 매우 진지했다. 신성한 느낌과 기분이 우리에게도 잘 전해졌다.

그러나 마지막 시간에는 내 마음이 다른 곳에 가 있었다. 친구 데미안에게 쏠려 있었다.

내가 교회라는 공동체에 들어가기 위해 지난 반 년 동안 공부하면서, 종교 교육의 가치를 깨달은 것은 목사님의 말씀보다는 데미안에게 받은 영향이 더 컸다.

이제 나는 교회가 아니라 교회와는 아주 다른, 이 세상 어딘가에 있을 색다른 종교 집단을 향하고 있는 듯한 생각에 빠져들었다. 그리고 그 집단의 대표는 데미안이었다.

나는 이런 생각을 지우려고 애썼다. 견신례 의식만은 진심으로 엄숙하고 경건하게 치러야 한다고 생각했다. 그러나 견신례 의식은 이미 나의 새로운 생각과는 조화를 이루기 어려웠다. 결국 나는 다른 사람과는 다르게 의식을 치르리라 결심했다.

내게 있어서 그 의식은 데미안을 통해서 알게 되었던 사색의 세계로의 입문을 의미했다.

내가 데미안과 열띤 토론을 벌인 것은 그 무렵의 일이었다. 교리 문답 수업 시간 전이었다. 데미안은 잘난 척하고 대드는 내 이야기를 그리 달갑게 여기지 않았다.

"우린 너무 많은 말을 했어. 깊이가 없는 말은 가치가 없지. 자기 자신으로부터 멀어질 뿐이야. 그건 죄악이지."

우리는 곧 교실로 들어갔다. 수업이 시작되었고 나는 수업에 열중하려고 애썼다. 데미안도 나를 방해하지 않았다.

잠시 후, 나는 데미안의 자리가 갑자기 텅 비어 버린 것 같은 느낌을 받았다. 깜짝 놀라 옆을 돌아보았다.

나는 그가 여전히 똑바르고 단정한 자세로 앉아 있는 것을 보았다. 그러나 평소와는 달라 보였다. 무엇인가가 그에게서 떨어져 나간 것처럼 보였다.

언뜻 보기에 눈을 감고 있는 것처럼 보였으나, 그의 눈은 뜨고 있었다. 그렇지만 그 눈은 초점을 잃은 듯 아무것도 보고 있지 았다. 사물을 보는 눈이 아니었다. 그의 눈은 아득히 먼 세계를 향해 있었다.

그는 전혀 움직이지 않았는데, 숨조차 쉬지 않는 것 같았다. 입은 마치 나무나 돌에 새겨 놓은 것 같았고, 얼굴은 창백하여 돌처럼 보였다. 갈색 머리카락만이 생기를 띠고 있었다. 그러한 그의 모습에 나는 몸서리쳤다.

'그는 죽었다' 하는 생각이 들었고, 하마터면 큰 소리로 그렇게 외칠 뻔했다.

그러나 나는 그가 죽지 않았다는 것을 알고 있었다. 나는 창백하게 굳어 버린 데미안의 얼굴을 한동안 넋을 잃고 바라보았다. 그리고 이런 모습이야말로 데미안의 모습임을 느꼈다. 지금까지 나와 함께 걷고 이야기하던 그는 단지 데미안의 반쪽에 불과했던 것이다.

지금 그는 완전히 자기 자신의 내면 세계에 빠져 있었다. 그는 나와 아무런 관계가 없는 존재였고, 세상에서 가장 멀리 떨어져 있는 섬보다 내게서 더 먼 곳에 있었다.

나는 그때만큼 고독했던 적이 없었다. 나 이외의 누구라도 데미안의 그런 모습을 보았다면 오싹하고 몸서리를 쳤을 것이다. 그런데 실제로는 아무도 그를 눈여겨보지 않았다.

데미안은 여전히 석상처럼 꼿꼿하게 앉아 있었다. 파리 한 마리가 그의 이마 위에 앉더니 천천히 코와 입술로 내려왔다. 그러나 그는 눈썹 하나 까딱하지 않았다.

'그는 도대체 지금 어디에 있는 걸까? 무엇을 생각하고
무엇을 느끼고 있는 걸까? 천국에 가 있는 걸까, 지옥에
서 헤매고 있는 걸까?'

여러 가지 의문이 끝없이 들었으나, 나는 무엇도 그에게 물어 볼 수 없었다.

수업이 끝날 무렵, 그의 얼굴에 다시 생기가 돌았다. 나와 눈이 마주쳤을 때, 그는 이전의 모습 그대로였다.

그의 손은 다시 움직이고 있었지만, 그의 갈색 머리카락은 윤기를 잃어 지친 듯이 보였다.

그 후 며칠 동안 나는 내 침실에서 한 가지 새로운 연습에 몰두했다. 의자에 똑바로 앉아 눈을 한 곳에 고정시킨 채 꼼짝 않고 얼마나 견딜 수 있는지, 그리고 그때 무엇을 느낄 수 있는지를 알고 싶었다. 그러나 몹시 피곤해지기만 했고 눈꺼풀이 자꾸 가려울 뿐이었다.

얼마 후 견신례를 받았지만, 그날 일에 대한 특별한 추억은 남아 있지 않다.

그 후로 모든 것이 달라졌다. 나의 유년 시절은 내 주위에서 산산이 부서져 내렸다. 부모님은 허탈한 모습으로 나를 바라보았고, 누나들은 나에게 낯선 사람이 되어 버렸다.

방학이 끝난 후 나는 기숙사가 있는 학교에 진학하게 되었다. 난생 처음으로 집을 떠나 생활하게 된 것이다. 어머니는 특별히 다정스런 모습으로 나에게 와서 미리 작별의 말을 해 주었다. 내

마음속에 사랑과 향수와 잊을 수 없는 추억들을 간직하게 하려고
애썼다.

　데미안은 여행을 떠났다.

　나는 혼자였다.

베아트리체

나의 아름다운 베아트리체는 날씬하고
산뜻하고 의젓했지만 책에서 본 처녀와
똑같지는 않았다. 나는 베아트리체와
한 번도 말을 주고받은 적이 없었다.
그렇지만 그녀는 나에게 기도하는
마음을 다시 일깨워 주었다. 그녀는 내게
다시 홀로 앉아 책을 읽을 수 있도록
인도했고, 술집이 아닌 공원으로
나들이하게 해 주었다.

데미안과 다시 만나지 못한 채 겨울 방학이 끝났다.

나는 어머니, 아버지와 함께 상급 김나지움이 있는 도시로 떠나게 되었다. 고향을 떠나는데도 전혀 서운하지 않았다. 서럽게 우는 누나들에게 오히려 미안하고 부끄러웠다.

'왜 아무렇지도 않지?'

나는 스스로 놀랐다. 나는 지난 반 년 동안에 무척 달라졌다. 어린이다운 귀염성을 잃고 홀쭉하게 보일 만큼 컸고, 야위었다.

이제는 여러 사람의 사랑을 받을 수 없는 나이의 소년이 되었다는 것도 느꼈다.

학생 기숙사에서 생활하게 된 나는 거의 외톨이로 지내다시피 나날을 보냈다. 우리 반 학생들은 나를 괴물처럼 여겼다. 괜히 기분 나쁘게 느껴지는 녀석, 늘 찡그리고 다니는 녀석, 뭘 생각하는지는 몰라도 제 생각에 빠진 녀석으로 여겼다. 모두 나를 멀리했다. 나는 그렇게 여겨지는 것이 편해서 더 그렇게 보이도록 행동했다.

나는 홀로 외로움에 빠져 지냈다. 내내 마음이 답답하고 몸까지 무거웠다. 다른 사람들의 일은 다 시시하게 느껴졌다. 내 나이 또래의 우리 반 학생들을 모두 어린이로 여기며 조금은 비웃으며 바라보는 버릇을 갖게 되었다.

그렇게 거의 두 해를 보냈다.

방학이 되어 고향으로 돌아가도 나는 달라지지 않았다. 고향을 떠날 때는 도리어 마음이 가벼워졌다.

마른 나뭇잎이 흩날리는 십일월의 어느 날이었다. 저녁 무렵 나는 공원의 가로수 길을 걸었다. 날씨가 궂건 좋건 나는 그 길을 걷곤 했다. 먼 데 선 나무들이 안개 속에서 모습을 나타냈다가 바로 사라지곤 해 유령들처럼 보이는 날씨였다.

나는 가로수 길 끝에서 낙엽을 밟으며 서성거렸다. 눅눅해진 낙엽에서 피어오르는 알싸한 냄새를 심호흡을 하듯 자꾸 들이마셨다. 그러자, 이런 말이 떠올랐다.

'아, 삶은 얼마나 덧없는 것인가.'

"어이, 싱클레어!"

옆길에서 외투자락을 바람에 날리면서 베크가 다가왔다. 베크는 우리 기숙사에서 가장 나이가 많고, 나이 든 청년처럼 구는 학생이었다. 나하고는 친하지도 멀지도 않은 사이였다.

"뭘 하니? 시라도 짓고 있나?"

그는 어른이 어린이한테 하는 말투로 말을 걸었다.

"아니."

"싱클레어, 내가 이해하지 못할까 봐 그러니? 이런 저녁 안개 속을 생각에 잠겨 걷다 보면 시라도 짓고 싶어진다는 것쯤은 나도 알아. 흙으로 돌아가는 것들이랑 사라져 가는 것들에 대해 깊이 생각하노라면."

"나는 한두 가지 것 때문에 쉽사리 슬퍼하지는 않아."

"오호, 아무려면 어때. 이렇게 쓸쓸하고 마음이 어지러운 날에는 포도주 한 잔이 약이 될 것 같아. 어때? 같이 가지 않겠나?"

우리 둘은 변두리 작은 술집으로 갔다. 썩 내키지는 않았지만 마실수록 새로운 맛이 느껴졌다.

나는 술을 잘 마시지 못하기 때문에 술기운에 이내 들뜨고 말았다. 말이 많아졌고, 닫혔던 마음의 창문이 활짝 열린 듯했다. 오랫동안 마음에서 우러나는 이야기를 하지 않고 지낸 나는 나도 모르게 마음놓고 떠들었다.

베크는 웃음 띤 얼굴로 내 이야기를 들어 주었다. 드디어 나는 내 이야기를 들어 줄 사람을 찾았던 것이다. 그는 내 어깨를 두드리며 '넌 꽤 괜찮은 녀석'이라고 말했다.

가슴에 품고 있던 생각들을 마구 쏟아내자 내가 무척 값진 생각들을 하며 살아왔다는 기쁨에 가슴이 부풀어 올랐다. 뒤이어 베크가 '넌 아무래도 천재인 게 틀림없다'고 한 말에 내 마음은 한껏 들뜨고 말았다. 갖가지 생각이 솟구쳤고, 나의 세계는 새롭게 빛나고 불타올랐다.

우리는 선생님들에 대한 이야기며 학생들에 대한 이야기도 했다. 고대 그리스 사람들에 대해서 이야기했고, 우리가 믿지 않는 종교에 대한 이야기도 했다.

그러나 베크는 다른 이야기를 하고 싶어했다. 나에게서 사귀는 여자에 대한 이야기를 듣고 싶어했다. 그렇지만 난 할 이야기가 없었다. 사귄 여자 친구가 없기 때문에 할 수 있는 이야기가 전혀 없었다.

베크는 열여덟 살쯤이었는데도 여자에 대해 무척 많은 것을 알고 있었다. 베크의 이야기는 내가 한 번도 제대로 들은 적이 없는 것들이었다.

"소녀들은 달콤한 말을 듣기 좋아하고, 즐겁게 노는 것을 좋아할 뿐, 연애하는 마음은 짙지 않아. 애틋하게 그리워하고 사랑하는 마음이 깊은 연애는 나이 들고 속이 트인 부인에게나 통하는 거야."

나는 베크의 이야기를 멍하니 듣고 있었다.

나이 먹은 사람은 내가 상상하지도 못한 삶을 이미 산 듯이 여겨졌다. 나는 많은 일을 겪고 그것을 으레 겪게 마련이라고 생각하는 사람 곁에 그냥 앉아 있었다.

나는 천재나 다름없는 녀석이 아니라 어른이 들려주는 이야기를 얌전히 듣고 있는 꼬마와 같았다. 그러나 그렇게 앉아 있는 것이 전혀 싫지 않았다. 스스로 억누르고 답답해하면서 생활하던 나에게 무척 놀라운 날이었다.

더구나 청소년이 드나들면 안 되는 술집에서 술을 마시고, 해서는 안 된다고 말리는 사랑에 대한 이야기까지 했다. 그렇지만 나는 그날 새로운 생각들을 하게 됐고, 한꺼번에 낡은 생각들을 바꾸게 되었다. 나는 그날의 일을 또렷이 기억하고 있다.

나는 처음으로 술에 취해 비틀거렸다. 속이 메스껍고 괴로웠지만 야릇하게 무엇에 이끌리는 느낌이 들었다. 그것은 나에 대한 여럿의 믿음을 저버리고 멋대로 놀아나는 일이었지만 살아 꿈틀거리는 생각들이 마구 떠오르게 한 행동이었다.

베크가 붙들고 걸음을 걷게 해 주어 겨우 기숙사로 돌아왔다. 둘은 창문을 넘어 방으로 들어갔다.

나는 아픈 머리를 감싸며 잠에서 깼다. 미칠 듯한 서글픔이 몰려들었다. 토해 버린 것들의 냄새가 코를 찔렀고 머리가 지끈거렸다. 오래 가 보지 못한 고향의 모습이 떠올랐다. 부모님의 모습이 떠올랐고, 누나들의 모습이 잇달아 떠올랐고, 함께 견신례를 올린 데미안의 모습도 보였다.

모두 밝은 빛에 휩싸인 모습이었다. 놀랍게도 깨끗하고 거룩한 모습이었다. 어제까지, 아니 몇 시간 전까지도 나와 어느 한 가지도 다를 것이 없던 모습들이 이제 나와는 전혀 다른 모습들이 되어 버린 것이었다.

이제까지 나의 것이라고 믿었던 모습들이 내가 아무리 안간힘을 써도 닮을 수 없게 거룩하고 깨끗하고 멀리 있는 모습들이 되고 말았다. 앞서 내가 가졌던 모든 것들이 지저분해졌고, 내가 가졌던 것이 이제는 내가 가질 수 없는 것들이 돼 버린 것이다. 그것들은 나를 미워하고, 노려보다가 사라져 버렸다. 그 거룩하고 아름다운 것들을 내 발로 밟아 더럽혀 버린 것이었다.

 나의 머릿속은 뒤죽박죽이었다. 사람들이 어울려 사는 이 세상까지 업신여기며 홀로 잘난 체해 온 쓸모없고 지저분한 녀석이 들어 있고, 어른 흉내를 내느라고 술을 마시고 못생긴 짐승 같은 꼴을 한 녀석이 들어 있었다.

 밝고 깨끗한 생활을 가장 자랑스럽게 생각하는 가정에서 자라고 아름다운 음악을 듣고, 아름다운 시를 읽던 녀석도 들어 있었다. 내 머릿속은 그렇게 뒤죽박죽이었다.

 그러나 나는 이 모든 괴로움을 견디는 일을 하나의 즐거움으로 느끼기도 했다. 나는 미련스럽게도 하고 싶은 말을 억누르고, 불쌍하게도 구석진 자리에 오랫동안 처박혀 지냈기 때문에 스스로 잘못을 뉘우치면서도 더럽고 옳지 않은 생활에도 이끌렸던 것이다. 그 비뚤어진 생활 속에도 칙칙하기는 하지만 감정의 불꽃이 타고 있었고, 심장도 분명히 뛰고 있었다. 서글프게 살아가면서도 얽매였다가 풀려난 듯이 후련한 느낌이 들었고 봄날의 졸음과 같은 나른함을 느꼈다.

내 생활은 점점 거칠어져 갔다. 학교 안에서 가장 거친 패거리에 끼었고, 얼마 가지 않아서 가장 어린 나이로 대장이 되고 말았다. 나를 모르는 학생이 없을 만큼 유명해져 버렸다. 나는 거침없이 옆길로 빗나가는 녀석이 되었고, 학생들의 눈에는 꽤 멋진 녀석으로 보이게끔 되었다. 나는 통째로 어둠의 세계에 빠져버린 셈이었다.

내 마음은 끔찍이도 슬펐다. 구렁텅이로 한 걸음 한 걸음 빠져 들어가면서 멋대로 살았던 것이다. 나를 학생들이 놀라운 녀석으로 여길수록 나는 마음이 편하지 않았지만 겉으로는 아무렇지도 않은 척 나날을 보냈다.

어느 일요일의 일이었다. 술집을 나서다가 나들이옷을 입은 아이들이 즐겁게 놀고 있는 모습을 보고 왈칵 눈물을 쏟았다. 나는 그 일을 지금도 기억하고 있다. 나는 입으로 비웃는 모든 것들을 마음속으로는 귀히 여기며 살았던 것이다. 더구나 남 몰래 어머니 앞에, 신 앞에 무릎을 꿇고 울며 살았던 것이다.

나는 진정한 친구를 사귀고 싶었다. 그러나 어떤 친구도 사귈수 없었다. 마음 깊은 곳에서 우러나는 말로 나를 걱정해 줄 친구

를 찾아보았지만 아무도 나에게 가까이 다가오지 않았다. 그들끼리 사귀고 나를 피했다.

나는 이미 그릇된 길로 가는 건달로 알려져 있었던 것이다. 선생님들도 나에 대해 모르는 것이 없었다.

모두들 내가 머지 않아 퇴학당할 것으로 짐작했다. 나도 이러다가 학교에서 쫓겨날지 모르겠다는 생각을 하고는 있었다. 그런데 어떻게 진정한 친구를 사귈 수 있었겠는가.

신은 왜 우리들 각각을 외톨이로 만들어 두고, 스스로 갈 길을 찾게 하면서 수없이 많은 길을 만들어 두셨을까. 그 당시 나의 신은 나와 함께 길을 헤매고 있었다. 그것은 무서운 꿈이었다. 나는 그렇게 가련한 나날을 보냈다.

갑자기 찾아오신 아버지를 보고 나는 놀라서 몸을 떨었다. 기숙사의 학생 생활을 보살피는 사감 선생님 편지를 받고 곧바로 오신 길이었다.

그러나 아버지가 두 번째로 찾아오셨을 때는 놀라지도 몸을 떨지도 않았다. 아버지는 처음보다 더 무섭게 화를 내셨고, 어머니의 마음을 더는 아프게 하지 말라고 이르셨지만, 나는 듣는 둥 마는 둥 했다. 아버지는 끝내 화를 터트리고, 내가 달라지지 않으면 더는 돌보지 않겠다고 하셨다.

아버지가 떠나신 뒤, 이내 뉘우쳤지만 다소곳이 따르지 않고 거꾸로 내닫게 하는 반항심이 날 놓아 주지 않았다. 그 반항심 때문에 나는 더욱 되지못한 녀석이 되어 갔다. 게다가 엉뚱한 생각까지 하게 되었다. 세상이 나 같은 사람에게 마땅한 일을 할 수 있도록 돕지 않고, 좋은 일자리를 주지 않으면 나 같은 사람은 절망의 구렁텅이에 빠지고 말 것이다. 그러므로 그에 따른 손해는 세상이 져야 한다.

그해 크리스마스는 전혀 즐겁지 않았다. 오랜만에 나를 본 어머니는 깜짝 놀라셨다. 키만 컸지 비쩍 말라 측은해 보였던 모양이었다. 새로 안경을 쓴데다가 수염 자국까지 파르스름해 낯설어 보이는지 누나들은 뒤돌아서 키득거리기까지 했다.

그런 것 모두가 마음에 들지 않았다. 아버지의 서재로 불려 가서 꾸중을 들은 일이며, 나를 보러 온 친척들에게 내키지 않는 인사를 하는 일까지 마음에 거슬리는 일만 거듭되었다.

'그들은 그곳에서 양 떼를 지키고 있었노라'

아버지가 옛날처럼 복음서를 읽으셨고 누나들은 성탄절 선물에 눈을 번뜩였다.

그러나 늙은 아버지와 슬픈 표정의 어머니를 보는 나는 보이는 것마다 하나같이 거북했다. 사랑과 감사의 크리스마스이브에도 나는 가족과 한데 어울리지 못하고 말았다.

봄이 다가올 무렵, 언젠가 알폰스 베크를 만났던 그 공원에서 한 처녀를 보게 되었다. 나는 어쩌면 정말로 퇴학을 당하게 될지 모른다는 걱정을 하며 터벅터벅 걷고 있었다.

그 처녀의 모습을 보자마자 마음이 끌렸다. 날씬한데다가 옷차림도 산뜻했다. 나이는 나랑 비슷해 보였지만 풍기는 멋은 훨씬 어른다웠다. 게다가 조금 거만해 보이는 표정과 앳된 티가 함께 드러나 보였다. 바로 내가 가장 좋아하는 모습이었다. 그러나 다가가서 말을 건네지는 못했다.

나는 그 빼어난 처녀를 만난 그날, 오래도록 마음으로 바랐던 맑고 깨끗하게 사는 곧은 마음을 되찾게 되었다. 나는 그녀의 이름을 베아트리체로 정했다. 내가 가지고 있던 단테의 책에서 본 처녀의 이름을 그녀에게 붙였다.

나의 아름다운 베아트리체는 날씬하고 산뜻하고 의젓했지만 책에서 본 처녀와 똑같지는 않았다. 나는 베아트리체와 한 번도 말을 주고받은 적이 없었다. 그렇지만 그녀는 나에게 기도하는 마음을 다시 일깨워 주었다. 그녀는 내게 다시 홀로 앉아 책을 읽을 수 있도록 인도했고, 술집이 아닌 공원으로 나들이하게 해 주었다.

학생들이 빈정거려도 고쳐먹은 내 마음은 조금도 흔들리지 않았다. 나는 사랑하는 베아트리체와 더불어 값지게 살겠다는 다짐을 했다.

나의 마음은 산뜻한 새벽빛으로 가득 찼다. 나는 빗나간 생활의 쓰레기 더미를 치우고 '환한 내 세상'을 세우려고 진심으로 노력했다. 내 마음에 자리잡은 어둠과 악을 몰아 내기 위하여 신들 앞에 무릎을 꿇었다.

스스로 환한 세계를 되찾은 나는 어둡고 지저분한 생각을 모조리 지우고 바른 정신으로 살아가게 되었다. 먹고 마시고 말하는 것과 걷는 것까지 거칠지 않도록 안간힘을 썼다.

그리고 그림을 그리기 시작했다. 단테의 책에서 본 베아트리체는 내가 본 처녀와 그다지 닮지 않았고, 내가 마음에 담고 그리워하는 그녀하고는 거의 닮지 않았다.

나는 내 마음 안의 그녀를 내 마음에 꼭 들게 그려 보고 싶었다. 그 처녀의 얼굴을 아무리 떠올려 보아도 마음에 차게 훤히 떠오르지 않았다. 그래서 내 마음에 담고 그리워하던 그녀, 즉 내 마음의 베아트리체를 그리기 시작했다.

드디어 내게 말을 걸 듯 싶은 한 사람의 얼굴을 그려 냈다. 그 얼굴은 단테의 책 속 베아트리체도, 공원에서 나들이하는 베아트리체도 아니었다. 소녀보다는 소년에 가까운 얼굴에 머리털 색깔도 금발이 아닌 적갈색이었다. 그렇지만 붉은 빛깔이 강한 입술을 열고 금방 말을 할 것처럼 보이는 초상화를 그려 냈다.

나는 그 베아트리체를 아무도 못 보게 책상 서랍 속에 숨겼다. 혼자 있을 때만 꺼내 보았다.

밤이 되면 침대 발치 쪽의 벽에 핀으로 꽂아 놓고 보다가 잠이 들었고, 아침에 눈을 뜨면 맨 처음 그녀를 보았다.

그 무렵, 나는 어린 날에 그랬듯이 여러 가지 꿈을 꾸었다. 그런 꿈 가운데 내가 그린 초상화의 인물이 자주 나타났다. 나중에는 비록 꿈속의 일이지만 베아트리체가 산 사람으로 나타나서 나에게 말까지 걸었다. 어떤 때는 싸울 것처럼 화난 얼굴로, 어떤 때는 매우 고운 모습으로 웃으며 나타나기도 했다.

이른 아침, 막 꿈에서 깬 나는 고개를 갸웃거렸다. 베아트리체가 내 이름을 부르는 것 같았다. 초상화의 그녀가 옛날부터 나를 지켜보고 있었던 것처럼 느껴졌다.

나는 잠자리에서 일어나 초상화 앞으로 갔다. 그녀의 초록빛 도는 큰 눈을 들여다보았다. 오른쪽 눈을 파르르 떠는 것 같았다. 그제야 나는 초상화의 그녀가 데미안을 닮은 구석이 있다는 것을 알아챘다. 엄밀히 말하면 데미안을 닮기는 닮았는데 많이 닮지는 않았다.

여름날 저녁 무렵이었다. 창을 통해 햇살이
한줄기 비쳐 들었지만 방 안은 벌써 어둑했다.
나는 초상화를 핀으로 창살에 꽂아 달아 두고
가만히 마주 보았다. 눈언저리가 붉어지고,

붉은 입은 타는 듯 더욱 붉어졌다. 나는 햇빛이 들지 않을 때까지
베아트리체와 마주 앉아 있었다. 베아트리체가 사라지고, 데미
안이 사라지고, 내가 그 초상화에 떠 있었다. 그 초상화의 인물
이 바로 나로 느껴졌다.

그 초상화 속의 나는 전혀 나를 닮지 않은 나였다. 내가 불어넣은 생명을 가졌고, 나와 같은 생각을 가졌고, 앞으로 나와 같이 살아갈 또 다른 나였다. 언젠가 내가 진정으로 사랑하는 여자를 만나게 되면 그녀 모습 또한 베아트리체를 닮은 모습일 것이다.

요즘도 나는 내가 베아트리체라고 이름 붙인 처녀를 공원의 산책길에서 가끔 마주친다. 그러나 아무렇지도 않게 지나칠 수 있게 되었다. 내가 사랑하고 그리워하는 사람은 초상화의 베아트리체뿐이었다.

다만 보고 싶은 사람은 크로머도 그 누구도 아닌 데미안이었다. 때로는 몹시 미워하기도 했지만 여러 해 동안 아무런 소식도 듣지 못한 까닭에 그가 보고 싶었다.

내가 포도주를 마시고 비틀거렸던 해의 방학 때 꼭 한 번 그를 만난 적이 있었다. 집 안에서 뒹굴기도 지루하여 고향의 거리를 느릿느릿 걷고 있는데, 맞은편에서 데미안이 걸어오고 있었다. 우리 둘은 악수를 하고 나란히 걸었다.

데미안은 조금도 달라진 구석이 없었다. 우리는 잡담만 하면서 걸었다. 내가 상급 학교에 간 그해에, 그에게 몇 번 보낸 편지에 대해 그가 무슨 말을 할까 봐 조마조마했다. 그러나 그는 어째서 답장을 못 했다는 둥 편지에 대한 말은 한 마디도 없었다. 그때는 베아트리체의 초상화가 없었을 때였고, 일부러 진창을 밟으며 비틀거리던 때였다.

나는 베크가 나를 이끌었던 것처럼 데미안을 이끌고 가서 포도 주를 마셨다.

"술을 마시러 많이 다녔던 것 같구나?"

"그래, 따로 할 일도 없잖아?"

"싱클레어, 네가 무엇 때문에 술을 마시는지는 모르겠어. 성 아우구스티누스도 한때는 술꾼이었다지. 너도 그런 성인이 되고 싶니? 그렇지만 술을 마시고 들떠서 헛것을 바란다고 그것이 이루어지겠니? 네 안의 네 생명은 네가 알고 네가 바라는 모든 것을 너보다 더 옳게 이루려고 해. 그런 생명이 네 안에 있다는 걸 네가 잘 알았으면 좋겠다. 이만 난 가겠어."

그때 데미안이 해 준 말을 다시금 되씹고 나니 더욱 그가 보고 싶어졌다. 곰곰이 생각하니 그를 처음 만난 날 밤에 내가 꾼 꿈이 또렷하게 떠올랐다. 데미안이 우리 집 대문 위의 문장을 보고 '대를 이어 내려온 집안을 자랑하는 이런 문장은 누구나 허투루 봐서는 안 된다.'는 말을 하고 돌아간 그날 밤이었다.

데미안이 우리 집 문장을 들고 흔드는 꿈을 꾸었다. 데미안은 그 문장을 내게 내밀며 먹으라고 억지를 부렸다. 내가 삼킨 우리 집 문장의 새가 내 안에서 살아나 퍼덕이며 내 속을 쪼기 시작했다. 나는 깜짝 놀라 벌떡 일어나 꿈에서 깼다.

빗소리가 들렸다. 데미안과 나 사이에 얽힌 일을 떠올리고 나니, 어느새 비가 들이치고 있었다. 나는 열린 창문을 닫다가 뭘 밟았다.

다음날 아침에야 그것이 나의 베아트리체인 걸 알았다. 빗물에 젖어 있어 말렸지만 모습이 보기 싫게 달라졌다.

나는 새로 그림을 그렸다. 그것은 우리 집 문장에 있던 새의 그림이었다. 덧칠을 여러 번 한 것이어서 그 새가 무슨 새였는지도 모르고, 그 새가 무엇을 밟고 서 있었는지도 생각이 나지 않았다. 나는 그저 마음 내키는 대로 새를 그렸다. 그 새는 황금색 머리를 가진 매서운 매로 그려졌다. 그 새는 몸통 아래가 지구의에 박힌 새로 푸른 하늘을 보고 있었다. 큰 알에서 빠져나오려고 안간힘을 쓰는 모습이었다.

나는 내가 그린 새를 데미안에게 보냈다. 받는 이의 이름과 주소만 써서 부쳤다.

나는 열심히 공부했다. 건달짓을 그만두고 공부에 매달리자 여러 선생님들이 칭찬했고, 아버지도 다시 부드러운 말투의 편지를 보내 주셨다.

그러나 나는 누구에게도 내가 어떻게 해서 달라졌는가를 말하고 싶지 않았다. 그것은 베아트리체로 시작된 것이고, 그것이 나를 바르게 세우고 싶어하는 자기 사랑으로부터 자라서 이뤄진 것이었다. 그렇지만 내 자신이 내가 그린 초상화의 인물이 된 뒤로는, 내 안의 생명을 옳게 안고 살았기 때문에 끝내는 베아트리체마저 내 눈과 생각에서 사라져 버렸다. 그런 까닭에 나는 어느 누구한테도 내 꿈과 내 바람과 내 안의 보람된 생명에 대해 한 마디도 말할 수 없었다. 어떻게 그 많은 것을 말할 수 있겠는가.

아기 새의
껍질 깨기

사랑은 내가 마음을 졸이며 느꼈던
것처럼 칙칙한 것도, 베아트리체에
매달렸던 것처럼 그렇게 산뜻한 것도
아니었다. 사랑은 아브락사스처럼 좋은
것과 나쁜 것이 한데 섞여 있었다. 나는
이런 기쁨과 슬픔을 함께 겪으며
살아가야 할 내일이 마냥 두려웠다.

둘째 시간이 끝난 뒤였다. 나는 내 책갈피에 쪽지 하나가 끼워져 있는 걸 보았다. 쪽지에는 이렇게 씌어 있었다.

'아기 새는 알에서 나오려고 몸부림친다. 알은 곧 세계이다. 아기 새는 하나의 세계를 깨뜨리지 않고는 태어날 수 없다. 그 새는 신에게로 날아간다. 그 신의 이름은 아브락사스이다.'

그 쪽지는 데미안의 답장이었다. 나와 새에 대한 이야기를 나눈 사람은 데미안뿐이었다. 그가 아니면 그 그림의 새를 알아보고 쪽지를 보낼 사람은 아무도 없었다.

'아브락사스는 어떤 신일까?'

나는 수업 시간 내내 아브락사스 신만 생각했다. 휴식 시간에도 그랬다. 오전의 마지막 수업이 시작되었다. 폴렌 선생님의 설명은 거의 들리지 않았다. 혼자 생각에 빠져 있었다.

그런데 한순간 폴렌 선생님의 목소리가 또렷이 들렸다. 그것은 '아브락사스'였다. 앞서 설명한 것을 듣지는 못했지만 폴렌 선생님은 설명을 계속 하고 있었다.

"옛 사람들의 믿음이나 종교 생활을 지금 우리 생각대로 시시하게 여겨서는 안 된다. 그들도 신의 깨달음을 배우고 그런 깨달음을 얻어 거룩한 마음을 가지려고 그들의 신 앞에 엎드렸던 것이다. 앞서 설명한 아브락사스의 가르침도 그렇다. 옛 사람들의 종교를 연구하는 사람들 가운데도 아브락사스를 마귀의 이름쯤으로 여기는 사람이 더러는 있다. 그러나 아브락사스는 신의 힘과 악마의 힘을 아울러 갖춘 하나의 신이라고 생각해야 마땅할 것이다."

나는 한동안 아브락사스가 어떤 신인가를 알아보려고 애썼다. 도서관까지 가서 많은 책을 뒤졌지만 아무런 것도 찾아보지 못했다. 베아트리체가 나에게서 멀어졌듯이 많은 것이 나에게서 사라져 갔다.

나는 또다시 여러 가지 꿈을 꾸게 되었다. 밤보다 낮에 더 많은 꿈을 꾸게 되었다. 내 안에서 불쑥불쑥 솟는 야릇한 바람의 뒤를 쫓느라고 내 곁의 많은 일을 잊고 살게 되었다.

나는 비슷한 꿈을 여러 번 꾸었다. 고향으로 돌아가는 꿈이었다. 집에 이르면 대문 위의 문장에 새겨진 새가 노랗게 빛나고 있었다.

나를 맞으시는 어머니 앞으로 다가가면 어느새 어머니가 처음 보는 억센 여자로 바뀌었다. 어머니 대신 그 억센 여자가 나를 안았다. 즐거움과 두려움이 한꺼번에 느껴졌다.

그런 꿈에서 깨어나면 때로는 가뿐함이 느껴졌고 때로는 부끄러움이 느껴졌다. 사랑은 내가 마음을 졸이며 느꼈던 것처럼 칙칙한 것도, 베아트리체에 매달렸던 것처럼 그렇게 산뜻한 것도 아니었다. 사랑은 아브락사스처럼 좋은 것과 나쁜 것이 한데 섞여 있었다. 나는 이런 기쁨과 슬픔을 함께 겪으며 살아가야 할 내 일이 마냥 두려웠다.

새해 봄에는 대학에 가야 하는데도 나는 무엇을 더 공부할 것

인가를 정하지 못하고 있었다. 수염까지 자라서 겉으로는 어른 티가 나는데도 나아갈 길을 찾지 못하고 헤매고 있었다.

겨울 내내 내 가슴속에서는 비바람이 휘몰아쳤다. 갈피를 잡지 못하고 산 때문이었다. 데미안과 사귀고 베아트리체에 매달리고 새를 그리고 억센 여자를 헛보고 살았다. 그런 것들이 날 사로잡았고 그들에게 이끌리며 살았을 뿐이다.

나는 얼마 동안이라도 내 힘만으로 세상에 부대끼며 살아 보고 무엇인가를 세상에 남기고 싶었다. 이제까지 살아온 것처럼 앞으로도 어떤 꿈이나 어떤 생각도 스스로 이룰 수 없으면 스스로 목숨을 끊자는 결심까지 했다.

그 무렵에 나는 또 기댈 데를 찾아 냈다. 시내를 걷다가 작은 교회에서 흘러나오는 오르간 소리를 들었다.

처음 몇 번은 그냥 지나쳤다. 그러다가 한 번은 교회 문으로 다가갔다. 문은 잠겨 있었다. 나는 귀를 기울였다. 연주자는 빼어난 솜씨로 오르간을 연주하고 있었다. 한 연주자가 음악 속에 숨겨진 보물을 찾아낼 생각으로 건반을 누르며 그 음악의 보물로 제 목숨을 살리려고 씨름하는 것 같았다.

날이 저물어 교회가 어둠에 싸일 때까지 연주는 계속됐다. 창문으로 희미한 불빛이 새나올 뿐이었다. 나는 연주자가 밖으로 나올 때까지 기다렸다.

오르간 연주자는 젊은 사람으로 나보다는 나이가 많은 듯했다. 그는 거침없는 걸음걸이로 나를 지나쳐 멀어져 갔다.

다음 번에는 오르간 연주자를 몰래 뒤따라갔다. 그가 술집으로 들어간 조금 뒤에 나도 따라 들어갔다.

그는 포도주 한 잔을 앞에 두고 앉아 있었다. 그는 내가 짐작한 대로 못나고 고집스럽게 생긴 사람이었다.

나는 그의 맞은편 자리로 가서 앉았다. 그는 앞자리에 와서 털썩 앉아 있는 나를 쏘아보았다.

"무슨 일이오?"

"일이 있는 것은 아닙니다. 난 당신을 조금은 알고 있습니다."

"음악을 좋아하시오?"

"교회에서 연주하는 걸 들었습니다."

"문이 잠겼는데요?"

"한 번은 잊으셨어요. 그래서 안으로 들어가서 들었지요. 다른 때는 밖에서 엿들었지만."

"다음에는 문을 두드려요. 안이 바깥보다는 덜 추울 테니까."

"나는 음악을 좋아합니다. 즐겨 들을 뿐이지만 천국과 지옥을 함께 울리는 것 같은 느낌을 주는 음악을 좋아합니다. 누구나 마땅히 지켜야 옳다고 하는 도덕에 얽매이지 않는 것이 음악이어서 좋아합니다. 아니 나는 도덕에 얽매이지 않는 것을 찾고 있습니다. 신이면서 악마인 신이 있어야 마땅하지 않겠어요?"

"그 신을 아시오?"

"아브락사스라는 이름만 압니다."

그는 머리칼을 쓸어 올리고 윗몸을 앞으로 기울이며 말했다.

"나도 같은 생각이오. 당신은 누구요?"

"학생입니다. 오는 봄에 대학에 진학합니다."

"어떻게 아브락사스를 알게 되었소?"

"어쩌다가, 우연히 알게 되었어요."

"뭐? 우연?"

그는 포도주 잔이 쓰러지게 탁자를 내리쳤다.

"쓸데없는 소리 그만둬요. 아브락사스는 어쩌다가 알게 되는 그런 신이 아니오. 이 이야기는 다음에 합시다. 내가 좀 아는 게 있으니."

그는 윗몸을 일으키고 얼굴을 찌푸렸다.

"이거나 받아요."

그는 호주머니에서 꺼낸 군밤 몇 톨을 내게 건넸다.

나는 말없이 군밤을 까 먹었다.

조금 지난 뒤 그가 속삭이듯 물었다.

"어떻게 알았지요?"

"많은 걸 아는 어릴 적 친구가 있습니다. 그에게 새 그림을 보냈어요. 새가 지구의에서 빠져나오려는 그림이었어요. 그 그림을 보내고 한동안 잊고 있었는데 그에게서 답장이 왔어요. 그 쪽지에 이렇게 적혀 있었어요. '아기 새는 알에서 나오려고 몸부림친다. 알은 곧 세계이다. 아기 새는 하나의 세계를 깨뜨리지 않고는 태어날 수 없다. 그 새는 신에게로 날아간다. 그 신의 이름은 아브락사스이다.'"

그는 꽤 오래 아무 말도 하지 않았다.

"포도주를 반 잔만 더 들겠소?"

"술을 좋아하지 않아서……."

"그럼 가 보시오. 난 좀 더 있겠소."

다음 번 연주가 끝난 뒤였다. 그는 나를 자신의 집으로 데리고 갔다. 오래된 골목 안의 저택이었다. 그의 방에는 피아노와 책상과 큰 책장이 있었다.

"책이 많군요."

"아버지 서재에서 가져온 책도 많소. 부모님과 함께 살지만 그분들을 뵙지 않는 게 좋겠소. 내 손님은 그다지 반가워하지 않으

시니까요. 날 못된 구렁텅이에 빠진 자식쯤으로 아시거
든요. 아버지는 유명한 목사요. 한때는 나도 유명한 목
사의 똑똑한 아들이었지만 신학을 공부하다가 옆길로
빠진 머리마저 좀 돈 아들이 돼 버렸소. 혼자서 계속 신
학 공부는 하고 있소. 곧 오르간 연주자 자리를 얻게 될

것 같아요. 그렇게 되면 어쨌든 다시 교회로 돌아가게
될 것 같소."

　나는 그의 긴 이야기를 듣고도 아무런 말도 하지 않았
다. 그저 책장의 책들만 훑어보았다.

　그러는 동안 그는 벽난로 쪽에 엎드려
서 무엇인가를 하였다.

　"이쪽으로 와요."

　나는 그의 곁으로 가서 나
란히 엎드렸다.

그는 성냥불로 종이에 불을 붙여 벽난로 안의 장작 사이로 던져 넣었다.

"가만히 엎드려서 생각해 봅시다. 삶의 뿌리란 무엇인지를."

그는 벽난로 속의 불길을 뚫어지게 바라보았다.

나도 그렇게 했다.

"불로써 모든 것을 밝힐 수 있을는지는 모르지만 불을 신으로 받든 배화교도 이제까지 나타난 종교 중에서 그다지 처지는 것은 아니었어."

그는 혼자서 중얼거렸다. 나는 아무 말도 하지 않았다.

우리는 그렇게 불길을 보며 죽 엎드려 있었다. 그가 송진 한 조각을 불길 속으로 던지자 훅 불길이 솟아올랐다. 나는 그 불길 속에서 금빛 머리의 매를 보았다. 그 환한 불길에 다른 불길들이 끌리고 감기며 여러 모습을 보여 주었다. 사람의 얼굴, 나무와 벌레, 글자들까지 보여 주었다. 고개를 돌리니 그는 마냥 불에 눈을 주고 있었다.

"가야겠어요."

"그래요. 다음에 봅시다."

그는 그대로 엎드려 있었다. 문간을 나선 나는 문패의 글자를 읽었다.

'피스토리우스 목사'.

돌아와서 내 작은 방에 홀로 앉아 있자 피스토리우스가 아브락사스에 대해 아무 말도 하지 않았다는 생각이 들었다.

그러나 그가 나를 집으로 데리고 간 것은 고마운 일이었다. 그리고 그는 이미 나에게 한 가지 가르침을 주었던 것이다. 불을 오래 들여다보게 한 것은 나에게 큰 도움을 주었다. 내 안에서 불길처럼 타오르는 여러 가지 바람을 제대로 살피게 해 준 일이었다.

어린 시절부터 나는 야릇한 것을 보면 그것을 오래 살폈다. 바위의 무늬, 물에 기름이 퍼지는 모양, 거꾸로 자란 나무처럼 보이는 긴 나무 뿌리 같은 것들은 지켜볼수록 마음이 끌렸다. 물과 불, 구름 같은 것은 오래 보아도 질리지 않았다. 더구나 어떤 때에 눈을 감으면 눈꺼풀 안쪽에서 멀고도 먼 곳의 별처럼 가물거리는 빛들은 무척 마음을 들뜨게 했다. 내가 어릴 적에 이미 살핀 것들까지 피스토리우스의 방에서 불을 보고 있는 동안에 느낀 것들과 함께 나의 새로운 경험이 되었다.

다음에 만났을 때 피스토리우스는 사람의 넋에는 앞서 산 사람들의 모든 것이 들어 있고, 사람마다 신과 악마를 품고 산다는 말을 했다.

"세계가 무너지고 한 아이만 남는다 해도 그 아이는 필요한 것들을 찾고, 새로운 것들을 만들고, 신까지도 생각해 낼 것이오.”

“그럼, 우리 안에 모든 것이 다 갖춰져 있는 셈이군요?”

“잠깐, 갖춰져 있어도 그것을 스스로 깨닫지 못하면 무엇을 이룰 수 있겠소. 제대로 보고, 옳게 느끼고, 새로 만들고, 거룩하게 사는 데 생각이 미치지 못하면 나무나 돌, 짐승과 같지요.”

우리가 주고받은 이야기에 놀랍도록 새로운 것은 없었다. 그러나 많은 이야기가 졸고 있던 내 정신을 두들겨 깨워 주었다. 그 두들김이 내가 갇힌 알 껍질을 깨뜨리게 도와주었고, 나는 머리를 곧추세우고 마침내 부서진 세계의 껍질 밖으로 황금빛 머리를 내밀게 되었다.

우리는 가끔 꿈 이야기도 했다. 피스토리우스는 꿈 풀이를 썩 잘했다. 언젠가 나는 하늘을 나는 꿈을 꿨다. 그것은 새처럼 마음대로 날다가 사뿐히 땅에 내리는 그런 꿈이 아니었다. 난 것이 아니고 하늘 위로 내던져진 것이었다. 자꾸 솟구쳐 올라서 어떻게 해서라도 내려가려고 버둥거리다가 숨을 멈추었다. 그러자 아래로 내려오게 되었다.

그 꿈을 피스토리우스는 이렇게 풀이했다.

“그렇게 날아오르게 되면 누구나 무서워지지요. 다치거나 죽게 될 테니까요. 그래서 사람들은 아예 날 생각을 하지 않고 길을 건는 것이지요. 그러나 당신은 달라요. 숨을 멈추고 쉬는 것만으로 잘 날 수 있는 놀라운 열쇠를 찾은 것이오. 그런 열쇠를 찾을 생각도 하지 못하면서 날려는 사람은 미친 사람이겠지요. 당신은 비록 꿈이지만 사람이 새처럼 날 수 있는 열쇠를 찾은 것이오. 그 열쇠는 당신 몸 안의 한 기관을 조절하는 것이지요. 마치 물고기들이 부레를 부풀렸다 오므렸다 해서 보다 쉽게 떠오르고 내려앉듯이. 아직도 옛 모습 그대로 살고 있는 물고기 중에는 부레를 써서 폐의 숨쉬기를 돕는 물고기도 있소. 물속의 그들이 쓰는 부레는 당신이 꿈속의 하늘에서 쓴 열쇠, 즉 하늘의 부레로 쓴 당신의 폐와 같은 것이지요."

그는 어류 도감까지 가져와서 나에게 물고기 그림을 보여 주고, 이름도 알려 주었다. 그러자 내 몸 안에 전혀 달라지지 않은 옛날 옛적의 기능이 그대로 살아 있다는 생각에 온몸에 소름이 돋았다.

야곱의 싸움

나는 그렇게 아무 욕심 없이 벌거숭이로
고독하게 있을 수는 없는 사람이네. 내게는
따뜻한 것이 아쉽고 가까이에 친구가 필요해.
자기 자신의 운명만을 추구하는 사람에게는
친구란 없으며, 완전히 외톨이로 그 주위에는
차가운 우주 공간만이 있을 뿐이지. 겟세마네
동산에서 그리스도가 그랬던 거야. 자네나
나와 같은 사람들은 진정으로 고독하긴
하지만, 그래도 아직은 서로라는 관계를
가지고 있지.

내가 피스토리우스라는 음악가로부터 들은 아브락사스에 대한 이야기는 간단하게 설명되는 이야기가 아니었다.

그때 나는 열여덟 살의 평범하지 않은 청년이었다. 여러 가지 면에서 조숙했지만, 반면에 뒤떨어진 점도 많았다. 나를 다른 사람과 비교해 보고 우월감을 느끼기도 했지만 자신과 의욕을 잃고 기가 죽을 때도 많았다.

피스토리우스는 나에게 자기 자신에 대한 용기와 존경을 잃지 말라고 충고했다. 그는 내가 하는 말이나 나의 꿈, 나의 환상과 생각 속에서 가치 있는 것을 찾아내서는 그것들을 진지하게 의논해 주었고 내게 모범을 보여 주었다.

그는 내게 다음과 같은 말을 해 주었다.

"자네 자신을 남들과 비교하는 것은 옳지 않아. 만약 자연이 자네를 박쥐로 만들었다면, 자네가 타조로 행동해서는 안 되듯이 자신을 다른 사람과 비교할 수는 없는 것이라네. 자네는 다른 사람이 아닌 바로 자네 자신일 뿐이니까. 자네는 지금 자기를 별난 사람이라고 생각하고는 보통 사람과 다르다고 자책하고 있는데, 그런 생각은 버려야 하네. 이보게, 싱클레어. 우리 신의 이름은 아브락사스이네. 그는 신인 동시에 악마이기도 하지. 그는 밝은 세계와 어두운 세계를 모두 가지고 있다네. 아브락사스는 자네의 생각이나 꿈에 대해서 아무런 이의를 제기하지 않는다네.”

나는 잠자코 피스토리우스의 말을 듣고 있었다.

그는 다시 말을 이었다.

“그러나 만약 자네가 아무 흠잡을 데 없는 모범적인 사람이 되면 아브락사스는 자네를 버릴 걸세. 그리고 자네를 버린 그는 자기 생각을 끓이기 위해 새로운 그릇을 찾게 되지.”

나는 자주 꿈을 꾸었다. 여러 가지 꿈 중에서 피스토리우스에게 털어놓지 않은 꿈이 있었다. 새의 문장이 붙은 대문으로 들어가 어머니를 끌어안으려고 하면 갑자기 다른 사람으로 바뀌는 꿈이었다. 내 팔에 안긴 것은 절반은 남자 같고 절반은 어머니 같은 모습을 한 여성으로 변해 버렸다.

나는 그 여자를 두려워하면서도, 한편으로는 그 여자에게 끌려 들어갔다. 다른 꿈이나 비밀 이야기는 피스토리우스에게 털어놓았으나 이 꿈만은 내 가슴속 깊은 곳에 묻어 두었다.

기분이 우울할 때면 나는 피스토리우스를 찾아가 오르간 연주를 부탁하곤 했다. 그의 음악 연주는 늘 나를 편안하게 해 주었다. 이따금 오르간 연주가 끝난 후에도 우리는 그대로 교회에 앉아, 희미한 불빛이 높다란 창문으로 흘러들어오는 것을 바라보면서 밤 늦게까지 있었다.

"내가 신학을 공부했고 그래서 목사가 되려고 했다면 이상하게 들리겠지?"

피스토리우스가 말했다.

"하지만 내가 지은 죄는 아주 심각한 것은 아니었다네. 그때는 목사가 되는 것이 나의 목표였고 천직이라고 생각했지. 종교는 아름다운 것이고 곧 영혼이야."

"그렇다면 목사가 되었을 수도 있잖아요?"

"아니야, 싱클레어. 그랬으면 난 거짓말을 해야 했겠지. 만약 내가 사람들에게 그리스도는 사람이 아니라 신인 동시에 신화이며, 그리스도의 모습은 영원의 벽에 그려 놓은 한 장의 거대한 영상이라고 말한다면, 교회에 나오는 사람들에게 종교를 바꾸라는 말밖에 더 되겠나. 그것은 목사로서의 자세가 아니지."

그는 말을 멈추었다.

잠시 숨을 돌리더니 다시 이야기를 계속했다.

"싱클레어, 우리가 선택한 아브락사스라는 새로운 신앙은 아름다운 거야. 그 체험은 우리가 가지고 있는 것 중에서 가장 좋은 것이기도 하고. 그러나 이 종교는 진짜가 아니야. 종교는 공동의 것이어야 해. 모두가 참여하는 예배와 같은 의식이 있어야 하는 것이라네."

"예배와 같은 의식은 마음이 맞는 적은 수의 사람들이 모여서도 가능하다고 생각하는데요."

"그야 그렇지."

피스토리우스는 고개를 끄덕이면서 말했다.

그리고 말을 이었다.

"자네가 나에게 말하지 않은 꿈 이야기가 있다는 걸 알고 있네. 그러나 굳이 그걸 알고 싶지는 않아. 다만 자네에게 그 꿈대로 살라는 말을 해 주고 싶을 뿐이네. 자네는 열여덟 살이지, 싱클레어? 자네에게는 사랑의 꿈과 사랑의 소망이 있을 텐데, 어쩌면 자네에게 두려움을 주는 꿈일 수도 있어. 하지만 절대로 두려워하면 안 돼. 그 꿈은 자네가 가지고 있는 것 가운데 가장 소중한 보물이거든. 나는 자네 만할 때 사랑의 꿈을 무리하게 억눌렀어. 그건 옳지 않아. 아브락사스를 알게 된 이상 그럴 필요는 없어. 자기가 바라는 것을 두려워하거나 억누를 필요가 없다는 말이네."

"하지만 생각을 모두 행동으로 옮길 수는 없는 것 아닌가요? 예를 들어 마음에 들지 않는 사람이 있다고 해서 그를 죽일 수는 없는 일 아닌가요?"

그는 나에게 더욱 가까이 다가왔다.

"경우에 따라서는 그럴 수도 있지. 그러나 내 얘기는 생각을 무조건 모두 행동으로 옮기라는 것은 아니야. 도덕적인 핑계를 대서 트집잡지 말라는 얘기야. 누군가를 죽이고 싶다거나, 어떤 죄를 저지르고 싶다면 자네의 마음에 환상을 만드는 것이 아브락사스구나 하고 생각하게. 어떤 한 사람을 미워한다는 것은, 자신 속에 도사리고 있는 무엇인

가를 미워하는 것이니까."

피스토리우스는 내가 간직한 비밀을 아주 정확하게 끄집어내어 주었다.

나는 아무 말도 할 수 없었다. 피스토리우스의 말은 몇 해 동안 내 마음속에 깊이 간직되어 있던 데미안의 말과도 너무 똑같았다. 그들은 서로 만난 적도 아는 사이도 아닌데도 내게 똑같은 것을 말했다.

내가 별로 관심을 갖지 않았던 우리 반 친구 하나가 쉬는 시간만 되면 내게 가까이 하려는 눈치를 보였다. 체격은 빈약하였지만 그의 눈빛과 태도는 어딘가 모르게 독특한 인상을 주었다.

어느 날 밤, 기숙사로 돌아갈 때였다. 뒤쫓아온 그가 나를 앞질러 문 앞에서 걸음을 멈추었다.

내가 물었다.

"내게 무슨 할 얘기가 있니?"

"너하고 얘기 좀 하고 싶어서. 잠시 같이 걸으면서 얘기할 수 있어?"

그가 부끄러운 표정으로 대답했다.

나는 그를 따라가면서, 그가 몹시 흥분했으며, 또 어떤 기대를 가지고 있다는 것을 느꼈다.

"너 심령론자(마음이 물질계에 작용해 신비한 현상을 일으키는 힘을 가졌다는 설을 믿고 주장하는 사람)니?"

그는 느닷없이 이렇게 물었다.

"아냐, 크나우어. 왜 나를 그렇게 생각해?"

내가 웃으면서 말했다.

"그럼 신지학(신비스럽고 기묘한 지혜를 다루는 학문)을 하는 건 틀림없지?"

"그것도 아니야."

"너무 그렇게 시치미 떼지 마. 네가 남다른 데가 있어서 묻는 거야. 네 눈에 나타나 있거든. 네가 영혼과 대화를 한다는 것을 확실히 알고 있어, 싱클레어. 내가 어떤 호기심으로 묻는다고 생각하지 마. 날 좀 도와줘."

"영혼에 대해서 난 잘 몰라. 그러나 내가 내 꿈속에서 살고 있는 건 사실이야. 넌 그걸 눈치챈 모양이구나."

"꿈속에서 산다고 하지만, 어떤 종류의 꿈인가 하는 것만이 문제가 되겠지. 싱클레어, 너는 하얀 마술이란 말을 들어 본 적이 있니?"

"들어 본 적 없어."

"그건 자기를 스스로 조절할 수 있으면 되는 거야. 영원히 죽지 않는 생명력을 가질 수도 있고 마법을 쓸 수도 있게 되지. 넌 그런 훈련을 해 본 적이 있어?"

"아니, 없어. 어떻게 훈련하는 건데?"

그는 잠시 동안 아무 말도 하지 않았다.

내가 돌아가려 하자, 크나우어는 모든 것을 털어놓았다.

"예를 들면 내가 잠들기를 원하거나 무언가에 집중하기를 원할 때 그걸 연습해. 어떤 단어나 사람의 이름, 또는 도형 같은 것을 상상하는 거야. 그리고 생각을 거기에 집중해서 내 것으로 만드는 거야. 그렇게 되면 주위에서 무슨 일이 일어나도 안정된 상태를 유지할 수 있어."

나는 그의 말을 어렴풋이 이해할 수 있었다. 그러나 점점 지루해지기 시작했다.

나는 그와 헤어져 내 방으로 들어왔다. 그림 몇 장을 침대 주위에 늘어놓고 그 꿈을 꾸게 해 달라고 정신을 집중했다. 꿈은 곧 나타났다. 우리 집의 아치형 문과 그 꼭대기에 문장이 있었고, 어머니와 낯선 여인의 모습이 선명하게 보였다.

나는 그 여인을 그리기 시작했다. 꿈을 꾸듯 무의식적으로 그린 그림은 며칠 뒤에 완성되었다.

나는 완성된 그림을 벽에 걸고는 책상의 램프를 그 앞으로 옮겼다. 그러고는 마치 끝까지 싸워야 할 유령을 대하듯 그 그림 앞에 버티고 서 있었다. 나는 그림을 향해 묻기도 하고, 꾸짖기도 하고, 기도도 해 보았다. 또 어머니라고 불러 보기도 하고, 애인이라고도 불러 보았으며, 아브락사스라고도 불러 보았다.

그러는 사이에 피스토리우스가 한 말이었는지, 아니면 데미안이 한 말이었는지 어떤 말 한 마디가 떠올랐다. 그것은 천사와 야곱의 싸움에 관한 성경 이야기였다.

'당신이 나를 축복하지 아니하면 나는 당신이 그냥 가도록 놓아 주지 아니하겠나이다.'라는 구절이었다.

램프 불빛으로 보는 그림 속의 얼굴은 나의 소원에 따라 그 모습이 변했다. 밝게 빛나는가 싶더니 어두운 얼굴이 되기도 했다. 여자인가 싶더니 남자가 되고, 소녀처럼 보이다가는 어린아이로 보이기도 했다.

한밤중에 나는 깊은 잠에서 깨어났는데 옷을 입은 채 비스듬히 침대에 누워 있었다. 몇 시간 전의 일을 기억해 보려 했으나 아무것도 기억할 수가 없었다.

램프에 불을 켰다. 차츰 기억이 되살아나기 시작했다. 그림을 찾아보았으나 벽에는 걸려 있지 않았고 책상 위에도 없었다. 그것을 태워 버린 듯한 기억이 희미하게 떠올랐다. 그림을 태운 뒤

남은 재를 먹어 버린 게 꿈속의 일이었나?

　심한 불안감이 몰려왔다. 모자를 쓰고 집을 나서서 골목길을 달렸다. 무엇에 끌리듯이 광장을 지나 피스토리우스가 오르간을 연주하던 교회 앞에서 귀를 기울였다. 그러고는 무언가를 찾고 또 찾았다.

　바로 그때 곁에서 놀란 목소리가 터져 나왔다.

"맙소사, 싱클레어. 어떻게 여길 왔니?"

어둠 속에서 누군가가 벌떡 일어섰다. 조그마하고 여윈 친구였다. 비록 내가 공포에 떨고 있었으나, 그가 크나우어임을 알아볼 수 있었다.

"싱클레어, 내가 여기 있는 줄 어떻게 알았어?"

크나우어가 몹시 당황해서 내게 물었다.

나는 그가 무슨 말을 하는지 알 수 없었다.

"나는 널 찾고 있었던 게 아냐."

"날 찾은 게 아니라고?"

"그래, 무엇인가에 이끌려 여기까지 온 것뿐이야. 그런데 넌 이 밤중에 여기서 뭘 하고 있는 거야?"

크나우어는 가느다란 팔로 나를 감쌌다. 그의 몸은 떨리고 있었다.

"그래, 한밤중이지. 곧 아침이 올 거야. 싱클레어, 너 날 용서해 줄 수 있겠니?"

그제야 사오일 전에 있었던 우리들의 대화가 생각났다. 우리 사이에 일어났던 일 뿐만 아니라, 내가 왜 거기에 갔는지, 그리고 크나우어가 거기서 무얼 하려고 했는지 알게 된 것이다.

"너 자살할 생각이었지, 크나우어?"

크나우어는 공포와 추위로 떨고 있었다.

"그래 맞아, 죽을 수 있었을지는 모르지만, 아침이 될 때까지 기다릴 생각이었어."

나는 크나우어를 밖으로 데리고 나왔다. 어느새 먼동이 트고 있었다. 나는 그의 팔을 잡고 가면서 입속으로 중얼거렸다.

"자, 집으로 돌아가. 그리고 아무에게도 말하지 마. 너는 잘못된 길을 걸었어."

우리는 묵묵히 걷다가 헤어졌다.

내가 집에 도착했을 때는 이미 아침이었다.

이곳에서 지내는 동안 내가 얻은 최대의 수확은 피스토리우스와 더불어 지낸 시간이었다.

우리는 아브락사스에 관해 그리스어로 된 책을 공부했다.

나 자신의 꿈과 생각들을 성장시킬 수가 있었다. 피스토리우스와는 여러 가지 면에서 마음이 통했다.

자살하려던 크나우어와 나와의 관계는 좀 특이하고 우스웠다. 그 밤 이후 크나우어는 마치 충성스런 하인처럼 나를 따랐고 맹목적으로 복종했다.

그는 괴상한 질문이나 소원을 가지고 나를 찾아오는 일이 자주 있었다. 때로는 그가 귀찮아서 강제로 쫓아 버리기도 했다. 그러나 그런 때에도 그가 어떤 힘에 의해 나에게 보내진 것이겠지 했고, 그의 경우 역시 내가 준 것이 곱으로 되어 다시 내게로 돌아왔다.

그가 가져다 준 책이나 잡지는 내가 몰랐던 여러 분야의 것을 알게 해 주었다. 그 후 크나우어는 내 곁에서 자취를 감추었다.

피스토리우스와의 관계는 계속되었다. 청소년 시절의 가장 중요한 시기에 체험한 것은 그와의 우정이었다. 그렇지만 내 마음 한 구석에서는 그에 대한 반감이 자라고 있었다. 우리 사이에 싸움이나 말다툼이 있었던 것도 아니다. 나는 그저 그에게 아무런 악의도 없는 한 마디를 했을 뿐이었으나, 그 한 마디 말이 우리 사이에 있었던 환상을 아름다운 파편으로 산산이 부숴 버리는 계기가 되었다. 그런 순간이 다가오리란 예감이 들어맞은 것은 어느 일요일 아침, 그의 서재에서였다.

우리는 난로를 앞에 하고 방바닥에서 뒹굴고 있었다. 그는 자신이 연구하고 있는 여러 가지 종교 형식에 대한 이야기를 하고 있었다. 그러나 나에게는 별로 가치 있는 것으로 보이지 않았고, 그런 종교 형식 전체에 대한 반감마저 들었다. 왜냐하면, 예전에 있던 이야기들을 주워 모은 것 같은 느낌이 들었기 때문이다. 일종의 혐오감을 느꼈던 것이다.

"피스토리우스! 고리타분한 얘기는 그만하고 지난 밤 당신이 꾼 꿈 이야기나 해 주세요."

나는 내 자신도 놀랄 만큼 매서운 말을 내뱉었다.

피스토리우스는 충격이 컸는지 얼굴이 무섭도록 창백해진 채 깊은 침묵에 빠져들었다.

긴 침묵이 흐른 뒤, 그는 불 속에 새로 장작을 지피고는 침착한 목소리로 말했다.

"자네가 옳아, 싱클레어. 자네는 영리한 친구야. 고리타분한 얘기는 접어두지."

그의 말투는 차분했으나 마음의 상처를 입은 듯했다.

나는 그에게 진심으로 사과를 하고 싶었지만 아무 말도 하지 못했다. 나는 여전히 불을 보며 엎드려서 침묵을 지켰다. 그 역시 아무 말 없었다.

나는 카랑카랑한 목소리로 그에게 말했다.

"피스토리우스, 날 오해했을 것 같아 두렵군요."

신문의 소설 한 구절을 읽어 내려가듯이 내 입에서 말이 기계적으로 튀어나왔다.

"이해하네, 자네 말이 옳으니까."

피스토리우스는 조용하고 부드럽게 말해 주었다. 나는 속으로

'아니에요, 제가 잘못했어요.'라고 외치고 있었다. 결과적으로 나는 그의 아픈 곳을 찌른 것이 되고 말았다.

나는 그가 화를 내고 자신을 변호하며 내게 강렬히 항의해 주길 기다렸다. 그러나 그는 아무 말 없었다.

우리는 꺼져 가는 불더미를 바라보며 말없이 엎드려 있었다. 사그라드는 불길들은 내 기억 속의 행복하고 즐겁고 아름다웠던 순간들을 떠오르게 했으나, 한편으로는 피스토리우스에 대한 나의 죄책감을 더욱 무겁게 하였다.

결국 나는 견딜 수가 없었다. 나는 벌떡 일어나 방을 나왔다. 집 밖으로 나와서도 쉽게 발걸음을 뗄 수가 없었다. 그가 혹시 나를 쫓아 나오지나 않을까 기대하였기 때문이다. 그러나 끝내 그는 나오지 않았다.

나는 거리와 공원과 숲속을 저녁 늦게까지 마구 헤매고 다녔다. 걷는 동안 나는 처음으로 내 이마에 새겨진 카인의 표적을 느꼈다. 그리고 지난 일들을 생각해 보았다.

나는 피스토리우스를 이해할 수 있었다. 피스토리우스는 목사가 되어 새로운 종교를 선교하고, 새로운 예배 형식을 추구하며 새로운 상징을 만들어 내는 것이 꿈이었다. 그러나 그것은 쉬운 일이 아니었다. 그는 지나치게 과거에 집착하며 과거 속에 파묻

혀서 살았다.

나는 피스토리우스와 화해하려고 노력하지 않았다. 우리 둘 사이는 여전히 친구 관계였으나 서먹한 데가 있었다.

그가 말했다.

"자네도 알다시피 나는 목사가 되려고 했네. 새로운 종교의 성직자가 되고 싶었지만, 그게 쉬운 일이

아니라는 것도 알고 있었지. 그래서 나는 다른 분야에서 목사가 되려고 하네. 오르간을 연주한다거나 그 밖의 다른 일로 말이야. 모든 욕심을 버리고 운명에만 따를 수도 있지만 난 그럴 수가 없어. 나는 그렇게 아무 욕심 없이 벌거숭이로 고독하게 있을 수는 없는 사람이네. 내게는 따뜻한 것이 아쉽고 가까이에 친구가 필요해. 자기 자신의 운명만을 추구하는 사람에게는 친구란 없으며, 완전히 외톨이로 그 주위에는 차가운 우주 공간만이 있을 뿐이지. 겟세마네 동산에서 그리스도가 그랬던 거야. 자네나 나와 같은 사람들은 진정으로 고독하긴 하지만, 그래도 아직은 서로라는 관계를 가지고 있지. 우리들은 뭔가 남달리 반항하고 특이한 것을 추구하는 데서 남모르는 만족을 느끼긴 하지만, 혁명가도 순교자도 되려고 해서는 안 되네."

그것은 상상할 수도 없는 일이었다. 그러나 아주 조용한 시간이면 그와 같은 생각을 느껴 본 적이 있었다.

피스토리우스는 내 삶의 길을 이곳까지 이끌어 준 충실한 안내자의 구실을 다해 주었다. 그 시절 나는 맹목적으로 사방을 헤매고 다녔다. 마음속에는 언제나 폭풍이 몰아쳤고, 발걸음마다 위험이 도사리고 있었다.

나는 이제까지 내가 걸어온 길이 모두 그 속으로 사라지고 마는 아득한 깊은 연못이 내 앞에 펼쳐져 있는 것 외엔 아무것도 볼 수 없었다. 그리고 마음속에서는 내 운명이 깃들어 있는, 데미안을 닮은 인도자의 모습을 보았다.

나는 종이 위에 이런 글을 썼다.

한 인도자가 나를 버렸다.

나는 컴컴한 어둠 속에 갇혀 있다.

혼자서는 한 걸음도 걸을 수가 없다. 도와주시오!

나는 그 종이 쪽지를 데미안에게 보낼 생각이었다. 그러나 그만두기로 하였다. 어리석다는 생각이 들었기 때문이다. 그러나 이 짧은 기도의 말은 외워져 이따금 혼자 마음속으로 중얼거리곤 했다. 이 기도는 언제나 나와 함께했다.

나의 학창 시절은 그렇게 끝났다. 나는 방학 동안 여행을 다녔다. 여행이 끝나면 대학에 진학하게 되어 있었다. 그러나 무엇을 전공해야 할지를 몰랐다. 내가 원하던 철학 공부는 한 학기 동안이라는 조건으로 아버지가 허락하셨다.

에바 부인

그는 바닷가에 서서 두 손을 하늘로 뻗치고
그 별에게 사랑의 정을 바쳤다. 인간이
하늘의 별을 안을 수 없다는 것은 청년도
잘 알았다. 청년은 실현될 가능성이
없는데도 별을 사랑했다.
어느 날 밤, 그 청년은 바닷가 절벽 끝에
서서, 별을 쳐다보며 사랑을 속삭였다. 별을
사랑하고 별을 그리워하는 절실한 마음이
극에 달했을 때, 그 청년은 별을 향해
허공으로 몸을 던졌다.

방학 중에 나는, 몇 해 전에 데미안이 그의 어머니와 함께 살았던 집에 가 보았다. 한 노부인이 정원을 산책하고 있었다.

"이 집 주인 되십니까?"

나의 물음에 노부인이 고개를 돌렸다.

"그렇긴 한데, 무슨 일로 그러시오?"

나는 이 집에 살던 데미안의 가족에 대해 물어보았다.

그 부인은 그들을 잘 알고 있었다. 그렇지만 지금 어디에 사는지는 알지 못했다.

그 부인은 나를 집 안으로 데리고 들어가서 가죽 앨범을 하나 보여 주었다. 거기에는 데미안의 어머니 사진이 있었다. 나는 데미안의 어머니를 본 적이 없었다. 그러나 조그마한 사진을 들여다보는 순간 심장 고동이 멈추는 것 같았다. 그것은 내가 꿈속에서 본 여인의 모습이었다. 키가 크고 남자와도 같은 느낌을 주는 여자의 모습, 아름답고 매력적이며 친근한 분위기를 주는 어머니이기도 하고 운명임과 동시에 연인이기도 한 여자 바로 그 여인이었다.

내 꿈속에 나타나던 아름다운 그 여인이 지상에 실제로 살고 있다는 것을 알게 된 나는 기쁨으로 가슴이 벅차올랐다. 더욱이 그 여인이 막스 데미안의 어머니라니…….

그 후 나는 곧 여행을 떠났다. 그 여인을 찾아 이곳저곳을 끊임없이 돌아다녔다. 한 번은 어느 정거장에서, 막 떠나는 기차의 창가에서 그 여인을 닮은 사람을 보고는 며칠 동안 허탈함에 빠져버리기도 하였다. 그러더니 그 모습이 다시 꿈속에 나타났다.

나는 나의 이런 모습이 아무 의미가 없음을 깨닫고는 부끄럽고 처량한 심정이 되어 곧장 집으로 돌아왔다.

2, 3주일 후에 나는 H대학에 입학했다. 그러나 모두가 실망뿐이었다. 철학사 강의는 허무하고 기계적이어서 지루하기 짝이 없었다. 어느 교수나 똑같은 말을 하고 있었다. 그러나 내 책상 위에는 니체의 낡은 책이 몇 권 놓여 있었고, 그의 책을 읽는 동안, 니체처럼 자기의 길을 거침없이 간 사람이 있다는 것이 나를 행복하게 했다.

어느 날 저녁 늦게, 나는 가을 바람이 선들 부는 거리를 거닐고 있었다. 어느 술집 앞을 지나는데 대학생들이 단체로 부르는 노랫소리가 들려왔다.

내 뒤에서 두 남자가 천천히 걸어오고 있었다. 나는 그들의 대화 한 토막을 들을 수 있었다.

"이건 마치 흑인 마을의 청년들 집 같지 않습니까?"

한 사람이 물었다.

"네, 맞아요. 문신까지 아직 유행하고 있으니까요. 이것이 젊은 세대의 유럽입니다."

귀에 익은 목소리였다. 나는 어두운 골목길에서 그 두 사람 뒤를 따라갔다. 한 명은 자그마한 몸집의 일본인이었다.

그때 다른 남자가 다시 말했다.

"그런데 당신네 일본은 어떻습니까? 어느 나라를 막론하고 군중이나 단체에 끼지 않는 사람은 드물겠지요?"

이야기 한 마디 한 마디가 기쁘면서도 놀라움으로 내게 와 닿았다. 그는 바로 막스 데미안이었다. 나는 그들의 뒤를 계속 따라 갔다.

교외의 거리 모퉁이에서 그 일본인은 데미안과 헤어져 어느 집의 현관문을 열고 들어갔다. 데미안은 그 길을 되돌아 나왔다. 나는 거리 한가운데 멈춰 서서 그를 기다리고 있었다. 그는 갈색 비옷을 입고 팔에는 가느다란 단장을 걸치고 있었다. 빠르고 단정한 걸음걸이로 내 쪽으로 걸어왔다. 걸음을 멈춘 그는 모자를 벗어 들었다. 옛날과 다름없는 밝은 얼굴이 보였다.

"이봐, 데미안!"

나는 소리쳤다.

"아, 싱클레어. 여기서 나를 기다리고 있었나? 이미 짐작은 했지만 말이야……."

"내가 여기서 기다린다는 걸 어떻게 알 수 있었지?"

"그것을 알고 있었던 것은 아니지만, 자네를 한 번 만났으면 하는 생각은 하고 있었지. 오늘 밤 줄곧 우리 뒤를 따라왔겠군."

"그래, 그런데 나라는 걸 알고 있었나?"

"물론 금방 알았지. 자넨 이마에 표적이 붙어 있으니까 얼른 알아볼 수가 있어."

"표적이라니?"

"우리가 옛날에 그것을 카인의 표적이라고 불렀지. 그것이 우리들의 표적이야. 자네는 언제나 그것을 지니고 있었지. 그래서 나는 자네 친구가 된 거야. 지금은 표적이 더 뚜렷해졌군."

"나는 몰랐어. 아니, 처음부터 알고 있었는지도 모르지. 그런데 데미안, 언젠가 자네 얼굴을 그린 적이 있는데, 그려 놓고 보니 내 얼굴을 닮은 것도 같아서 깜짝 놀란 일이 있어. 그런 걸 표적이라고 하는 건가?"

"그야 물론이지, 싱클레어. 자네를 만나서 정말 반가워. 우리 어머니도 자네를 보면 반가워하실 거야."

어머니란 말에 깜짝 놀라 몸을 움찔했다.

"어머니라고? 어머니도 여기 계시나? 하지만 자네 어머니는 날 모르시잖아?"

"아니, 어머니는 자넬 잘 아셔. 내가 말씀드리지 않아도 곧 알아보실 거야. 그런데 왜 그렇게 소식이 없었어?"

"몇 번 편지를 쓰려고 했지만 그렇게 되질 않았어."

우리는 팔짱을 끼고 천천히 걸었다. 고향의 라틴어 학교 시절에 있었던 일, 견신례 준비 수업 때 있었던 일 등 지난날의 이야기로 꽃을 피웠다. 유럽의 성격이나 현대의 특징에 대해서도 이야기했다.

데미안이 말했다.

"눈이 가는 곳마다 발길이 닿는 곳마다 연합이니 연맹이니 하는 단체와 군중의 결속이 도사리고 있지. 그러나 아무리 찾아 헤매도 자유와 사랑은 눈에 띄지 않아. 학생 단체와 합창단에서 국가에 이르기까지 이 모든 공동체는 강제적인 결속이야. 어느 나라를 막론하고 불안과 공포와 절망감에서 나온 공동체이며, 내부는 썩고 낡아 붕괴 직전 상태라고 볼 수 있지."

데미안의 이야기를 들으면서 걷다 보니 우리는 강가의 어느 집 정원 앞에 닿았다.

"여기가 우리 집이야."

데미안은 정원을 가리키면서 말했다.

"한번 놀러 와. 어머니하고 기다릴게."

나는 차가운 밤 공기를 마시며 가벼운 발걸음으로 걸었다. 집에 돌아와서도 내 마음은 데미안과의 만남에 대한 기쁨으로 가득 찼다.

나는 다음날 아침 늦게까지 곤하게 잤다. 밝아 온 새날이 내게

는 큰 기쁨의 날이었다. 부슬부슬 내리는 가을비조차 아름답고
고요했다.

그날 밤 나는 막스 데미안과 헤어진 강가에 있는 집 정원을 다
시 보게 되었다. 정원의 숲 뒤에 조그마한 집이 있었다. 유리로
된 벽을 통해 꽃이 핀 작은 나무들이 보였고 창문 너머로는 그림
과 책들이 보였다.

까만 옷차림에 흰 앞치마를 두른 늙은 하녀가 현관에서 나를
안내해 주었고 내 외투를 받아 걸었다. 그 여자는 나를 거실에 혼
자 남겨 두었다. 나는 여기저기를 둘러보았다.

문 위쪽의 까만 나무 벽에는 내가 잘 아는 그림이 액자에 끼워
져 걸려 있었다. 그것은 지구의 껍데기를 깨고 날아오르려는 황
금빛 매의 머리를 가진 나의 새였다.

나는 몹시 감동되어 그 자리에서 꼼짝 않고 있었다. 순간 수많
은 추억들이 번개처럼 스치고 지나갔다. 현관문 위에 돌로 된 문
장이 달려 있었던 고향의 집이며, 그 문장을 스케치하던 데미안,
그리고 두려움에 떨며 크로머의 속박에 매어 있었던 어린 소년으
로서의 나, 조용한 기숙사 방에서 그리움의 새를 그리며 자신이
쳐 놓은 마음의 그물에 걸려 있던 청년으로서의 나, 이 모든 것들
이 되살아나는 듯했다.

그때, 새 그림 아래 열려진 문 앞에 검은 옷을 입은 키가 큰 부인이 서 있었다. 바로 그 여인이었다. 나는 아무 말도 할 수가 없었다. 나는 두 손을 그녀에게 내밀었다. 그녀는 따스한 손길로 내 손을 힘 있게 잡아 주었다.

"싱클레어지요? 금방 알아보았어요. 잘 왔어요."

그녀의 음성은 낮고 따스했다. 나는 달콤한 포도주를 마시듯 그 음성을 들이켰다. 그러고는 눈을 들어 그녀의 고요한 얼굴과 신비스런 두 눈을 들여다보았다. 그리고 싱싱하고 촉촉한 입술과 표적을 지닌 넓고 아름다운 이마를 바라보았다.

"만나 뵙게 되어서 정말 기쁩니다. 지금까지 여행을 하다가 이제야 고향에 돌아온 기분입니다."

그녀는 어머니와 같은 인자한 미소를 지었다.

"싱클레어, 누구도 자기의 참다운 마음의 고향으로는 돌아가지 못해요. 하지만 같은 길을 걷는 친구들과 어울리면 잠시이긴 하지만 온 세상이 고향처럼 보이는 법이지요."

그녀의 말투나 이야기 내용은 데미안과 달랐다. 그녀의 모습은 다 큰 아들이 있는 어머니로 보이지 않았다. 윤기가 흐르는 머리에는 싱싱한 젊음이 물결쳤고 흰 얼굴에는 잔주름 하나 없었으며 입술은 빨간 꽃잎처럼 아름다웠다.

그녀는 내가 그린 새 그림을 가리키면서 말했다.

"싱클레어, 이 그림을 보내 주었을 때처럼 데미안이 기뻐한 적은 없었어요. 나도 마찬가지로 기뻤구요. 이 그림을 받았을 때, 데미안과 나는 당신이 우리에게로 오고 있다는 것을 알았지요. 싱클레어, 당신이 아직 소년이었을 때 하루는 데미안이 학교에서 돌아와 말하더군요. 이마에 표적이 있는 아이가 있는데, 틀림없이 자기 친구가 될 것 같다구요.

그게 바로 당신이었어요. 아마 당신은 그 표적 때문에 괴로운 고비가 많았을 거예요. 언젠가 방학으로 고향에 돌아왔을 때 우리 데미안과 만난 적이 있었지요? 아마 열여섯 살쯤 되었을 때일 거예요."

"데미안이 그런 말까지 했습니까? 그때가 내게는 가장 비참했던 시절이었습니다."

"그랬을 거예요. 데미안도 그렇게 얘기했어요. 싱클레어가 고통과 고독에서 벗어나려고 술집에서 살다시피 하고 있지만 뜻대로 되지는 않을 거라고 했지요. 그의 표적이 지금은 숨겨져 있지만 여전히 그를 이끌고 있기 때문이라고요. 데미안의 말이 맞나요?"

"네, 맞아요. 정말 그랬습니다. 그 후 저는 베아트리체를 발견했고 마침내는 지도자가 한 명 나타나 저를 도와주었지요. 피스토리우스라는 사람이었어요. 그 무렵에야 저는, 소년 시절이 데미안과 왜 연결되어 있었던가, 그리고 왜 그에게서 떨어질 수 없었는가를 알았습니다. 부인, 아니 어머니, 그 무렵 저는 자살할 생각까지 했습니다. 사람이 살아가는 길이 누구에게나 이처럼 괴로운 것일까요?"

그녀는 내 머리를 가볍게 어루만지듯 쓰다듬어 주었다.

"태어난다는 것은 누구에게나 고통스러운 일이에요. 물론 잘 알겠지만, 새가 알을 깨고 나오느라 얼마나 고생하는지 생각해 봐요. 그러나 인간은 괴로움만 안고 태어나는 것이 아니고, 즐거운 때도 있고 행복할 때도 있지요."

나는 고개를 저었다.

"즐거움이란 조금도 없었습니다. 그 꿈을 꾸기 전까지는 한시도 괴로움에서 벗어나지 못했습니다."

그녀는 고개를 끄덕이면서 뚫어질 듯한 눈으로 내 얼굴을 쳐다보았다.

"그래요, 사람은 누구나 자기 꿈을 발견해야 해요. 하지만 꿈은 언제까지나 계속되는 게 아니에요. 꿈은 새로운 것으로 바뀌기도 하고 아주 사라져 버리기도 하니까요."

나는 몹시 놀랐다. 이것은 경고하는 말일까, 내 마음이 자기에게 흘러가지 못하게 미리 둑을 쌓아 놓는 것일까.

그러나 그런 것은 아무래도 좋았다. 다만 그녀가 이끄는 길을 걸어가면 그뿐이다.

"제 꿈이 언제까지 계속될지 저는 모르겠습니다. 하지만 그 꿈이 영원했으면 좋겠습니다."

"그 꿈이 당신의 운명과 함께 있는 동안에는 거기에 순종해야 돼요. 거역해서는 결코 안 되죠."

그녀는 몇 마디 말로 내 마음을 받아들였다. 나는 감격했다. 이 행복한 순간에 그대로 죽어 버리고 싶은 열렬한 소망이 나를 사로잡았다. 눈물이 하염없이 흘렀다.

나는 얼른 그녀에게서 얼굴을 돌려 창가로 갔다.

등 뒤에서 그녀의 목소리가 들려왔다.

"싱클레어, 당신은 아직 어린애군요. 당신의 운명은 물론 당신을 사랑하고 있어요. 그 운명은 언젠가는 반드시 당신이 꿈꾸는 대로 당신 곁을 떠나지 않을 거예요."

나는 간신히 눈물을 삼키고 그녀 쪽으로 얼굴을 돌렸다. 그녀는 미소를 머금은 얼굴로 내게 손을 내밀었다.

"내겐 몇 명의 친구가 있어요. 아주 막역한 사이지요. 그들은 나를 에바 부인이라고 불러요. 원한다면 당신도 그렇게 불러 줘요."

그녀는 나를 문 쪽으로 데리고 가서 문을 열고는 정원을 가리켰다.

"바깥으로 나가면 데미안이 있을 거예요."

나는 현관 밖으로 나가 강둑으로 이어진 정원의 안쪽으로 천천히 걸음을 옮겼다. 데미안의 모습이 눈에 띄었다.

그는 윗옷을 벗은 채 샌드백을 치고 있었다.

"데미안!"

나는 큰 소리로 불렀다.

"거기서 뭘 하고 있어?"

그는 쾌활하게 웃었다.

"응, 권투 연습 중이야. 일본 녀석하고 겨루기로 약속했거든."

그는 셔츠와 윗옷을 입었다.

"벌써 우리 어머니를 만나 봤나?"

"그래 데미안, 자네 어머니는 정말 멋있는 분이야. 에바 부인! 그분에게 정말 잘 어울리는 이름이야."

그는 잠시 생각에 잠긴 듯한 표정으로 내 얼굴을 쳐다보았다.

"어머니가 그 이름을 벌써 가르쳐 주셨어? 자네는 특별한 대접

을 받은 거야. 처음 보는 사람한테 이름을 가르쳐 준
것은 네가 처음이야."

이날부터 나는 그 집을 자주 드나들었다. 현관문을
열고 들어서면 내 마음은 즐거움으로 가득 찼다.

바깥 현실 속에는 거리와 집, 사람과 시설, 도서실

과 강의실들이 있었다. 그러나 에바 부인 집에는 사랑과 영혼이 있었고, 꿈과 동화가 살아 숨쉬고 있었다.

때때로 나는 불만을 느꼈고 사랑할 수도 없는 처지이면서 가까이 있어야 하는 것이 견디기 힘들었다. 그녀도 그런

내 마음을 알고 있었다.

어느 날 그녀는 나에게 별을 사랑한 젊은이의 이야기를 해 주었다.

그는 바닷가에 서서 두 손을 하늘로 뻗치고 그 별에게 사랑의 정을 바쳤다. 인간이 하늘의 별을 안을 수 없다는 것은 청년도 잘 알았다. 청년은 실현될 가능성이 없는데도 별을 사랑했다.

어느 날 밤, 그 청년은 바닷가 절벽 끝에 서서, 별을 쳐다보며 사랑을 속삭였다. 별을 사랑하고 별을 그리워하는 절실한 마음이 극에 달했을 때, 그 청년은 별을 향해 허공으로 몸을 던졌다. 순간 '이루어질 수 없는 사랑이다. 불가능하다.'라는 생각이 번개처럼 머리를 스쳤다. 그러나 이미 때는 늦었다. 그는 바닷가 바위에 떨어져 산산조각이 난 채 죽어 버렸다.

이러한 줄거리였다.

그 가련한 청년의 슬픈 사랑의 종말을 이야기한 그녀는 '사랑이란 구걸해서도 안 되고, 강요해서도 안 된다'고 말했다.

에바 부인의 이야기를 듣고 나서 나는 많은 생각을 했다.

이른 봄이었다. 내게 잊을 수 없는 날이 찾아왔다. 나는 그날도 데미안의 집을 찾아갔다. 창문은 열려 있었고 훈훈한 바람이 히아신스의 그윽한 향기를 방 안으로 실어나르고 있었다.

나는 데미안의 서재로 갔다. 가볍게 문을 두드리고는 평소대로 대답도 기다리지 않고 문을 열고 들어섰다.

방은 어두웠고 모든 창에는 커튼이 드리워져 있었다. 데미안이 화학 실험실로 쓰고 있는 옆방으로 통하는 문이 열려 있었다. 방 안에 아무도 없다고 생각한 나는 커튼 한쪽을 젖혔다. 바로 그때 창문 곁의 의자에 앉아 있는 데미안의 모습을 발견했다. 순간 전에도 이런 모습을 보인 적이 있다는 생각이 번개처럼 지나갔다.

데미안은 두 팔을 힘없이 늘어뜨리고 손을 가볍게 무릎에 올려놓고 있었다. 고개를 떨구고 있었는데, 얼굴은 죽음의 그늘에 덮여 있는 것 같았고 눈에서 흘러나오는 빛은 날카로웠으나 생기가 없었다. 숨도 쉬지 않는 것 같았다. 나는 두려움에 사로잡힌 채 방을 빠져나왔다.

현관에서 에바 부인을 만났다. 그녀의 얼굴은 몹시 피로하고 창백해 보였다.

"데미안 방에서 나오는 길인데, 무슨 일이 있었습니까? 잠을 자고 있는지, 어떤 명상에 잠겨 있는지 알 수가 없어요. 그런 모습을 전에도 한 번 봤어요."

"그 애를 깨우지는 않았겠지요?"

그녀가 황급히 물었다.

"데미안은 내가 들어간 것도 모르고 있었습니다. 에바 부인, 대체 어떻게 된 일입니까?"

그녀는 손등으로 이마를 문질렀다.

"염려할 것 없어요, 싱클레어. 그냥 명상에 잠겨 있을 뿐이에요. 오래 있지는 않을 거예요."

그녀는 비가 내리기 시작한 정원으로 나갔다.

나는 그녀를 따라나가서는 안 된다고 생각했다.

나는 거실을 왔다 갔다 하면서 히아신스의 향기를 맡기도 하고, 문 위에 걸려 있는 새 그림을 보기도 했다.

에바 부인은 곧 되돌아왔다. 빗방울이 그녀의 까만 머리카락에 방울져 있었다. 몹시 피곤해 보이는 얼굴이었다. 그러나 그녀의 눈망울은 맑고 고요했다.

"데미안한테 가 볼까요?"

나는 속삭이듯 말했다.

"오늘은 그만 가요. 그리고 나중에 다시 오세요."

나는 그 집에서 나와 시내를 지나 산을 향해 달렸다. 나의 온몸은 비에 흠뻑 젖었다. 몇 시간이 지난 뒤 되돌아오자 데미안이 문을 열어 주었다.

그는 나를 자기 방으로 데리고 갔다.

"앉아, 싱클레어."

데미안은 나에게 의자를 권했다.

"피곤하지? 대단한 날씨였어. 뭣 때문에 비를 맞고 다니나?"

"오늘 대체 무슨 일이 있었던 거야?"

나는 주저하면서 물었다.

"어젯밤 꿈을 꾸었어. 온 나라가 도시나 시골 할 것 없이 모두 불타 버리는 꿈이었지. 나는 꿈을 통해 어떤 예감을 받았어. 전에 얘기한 적이 있는 그런 예감 말이야. 세상이 썩어 가고 있다는 것은 누구나 아는 사실이야. 낡은 세계가 무너지고 지금 새로운 세계가 탄생하려고 해. 싱클레어, 우리는 얼마 안 가서 우리가 얘기했던 것을 실제로 체험하게 될 거야. 죽음의 냄새가 풍겨 오는군. 죽음은 새로운 것을 탄생시키지. 그것은 내가 생각하는 것보다 훨씬 무서운 과정을 거쳐 탄생될 거야."

그때 문이 열리더니 에바 부인이 들어왔다.

"둘이 같이 있었구나! 설마 슬퍼하고 있는 건 아니겠지?"

그녀의 얼굴에는 전처럼 생기가 돌았다.

"우리는 슬퍼하고 있는 게 아니에요. 꿈을 통해 수수께끼를 좀 풀어 보고 있었을 뿐이에요. 썩은 세계가 무너지는 새로운 징조가 많이 보이니까요."

나는 마음이 좀 편하지 않았다. 그만 작별 인사를 하고 현관문을 나섰다. 히아신스의 향기가 송장 냄새로 변한 것처럼 느껴졌다. 어두운 그림자가 우리들을 덮쳐 온 것이다.

종말의 시작

얼마가 지났는지 드디어 나는 목적지에
도달했다. 밤이었고 나는 완전히 의식을
되찾았다. 사람들은 나를 어떤 홀의 바닥에
눕혔다. 내 매트리스 바로 옆에 다른
매트리스가 놓여 있었고 그 위에 누군가가
누워 있었다. 그가 고개를 돌려 나를
바라보았다. 그는 이마에 표적을 갖고 있었다.
막스 데미안이었다. 나는 말을 할 수가
없었다. 그도 그저 나를 바라볼 뿐이었다.

나는 여름 학기에도 H시에 계속 머물렀다. 우리는 주로 강둑 곁에 있는 넓은 정원에서 대부분의 시간을 보냈다. 데미안은 자주 말을 타고 나갔다.

내 생활은 너무나도 평화롭고 행복했다. 그런데 그러한 행복이 가끔 어두운 그림자에 덮일 때가 있었다. 왜냐하면 그것이 오래 지속될 수 없다는 것을 알고 있었기 때문이다.

그해 여름 몇 주일은 눈 깜짝 할 사이에 지나갔다. 머지않아 헤어질 날이 올 테지만 나는 생각하고 싶지 않았다.

그러던 어느 날 에바 부인에 대한 사랑이 갑자기 고통스러울 정도로 불타올랐다. 내 방 한가운데 서서 나는 내 온 정신을 집중해서 에바 부인을 생각했다.

그때 말발굽 소리가 어지럽게 울려 왔다. 아주 가까이에서 요란스럽게 들리더니 갑자기 멈췄다. 급히 창가로 뛰어가 보니 데미안이 말에서 내리고 있었다. 나는 아래로 내려갔다.

"무슨 일인가, 데미안? 설마 자네 어머니에게 무슨 일이 생긴 건 아니겠지?"

그는 매우 창백해 보였고 이마에서 양쪽 볼 위로 땀이 흘러내리고 있었다.

"그건 아니고……. 전쟁이 터졌어. 우리 독일이 러시아와 전쟁을 시작했어."

"뭐라고? 전쟁이 터졌다고?"

"아직 선전 포고는 안 했지만 전쟁이야. 모르긴 해도 큰 전쟁이 될 걸세. 이제 새로운 세계가 시작되는 것이지. 자네는 어떻게 하겠나?"

나는 모든 것이 사실처럼 들리지 않았다.

"난 모르겠어. 자네는?"

"동원령이 내리면 곧 입대하겠네. 나는 소위야."

"자네가 소위라고? 정말 몰랐네. 자네가 입대하면 어머니는 어떡하나?"

"나의 어머니 말인가? 그건 염려할 필요가 없네. 그녀는 어느 누구보다도 안전해. 그런데 자네는 그녀를 그렇게 많이 사랑하고 있나?"

"자네도 알고 있었군."

"물론 알고 있었지. 나의 어머니를 사랑하지 않고서 그녀를 에바 부인이라고 부른 사람은 하나도 없었거든."

데미안과 헤어진 나는 저녁에 시내에 나가 보았다. 가는 곳마다 웅성거렸고 거리는 온통 전쟁에 대한 공포와 흥분으로 들끓고 있었다.

나는 에바 부인의 집에 갔다. 우리는 여름 별장에서 저녁 식사를 했다. 전쟁에 대해서는 한 마디도 이야기하는 사람이 없었다.

얼마 후 전쟁이 일어났고, 군복을 입은 데미안은 우리를 떠나갔다. 나는 에바 부인과 작별 인사를 했다. 그녀는 잠시 동안 나를 꼭 끌어안았다.

내가 전쟁터로 갔을 때에는 겨울이 다가와 있었다. 처음에 나는 끊임없는 총소리와 흥분에도 불구하고 모든 일에 대해 실망했다. 그러나 시간이 지나면서 나는 많은 사람들이 이상을 위해 죽을 수도 있다는 생각을 하게 되었다.

이른 봄 어느 날 밤, 나는 우리가 점령한 농가 앞에서 보초를 서고 있었다. 나는 정체를 알 수 없는 불안감에 싸여 에바 부인과 데미안을 생각했다.

나는 미루나무에 기대어 서서 하늘을 바라보고 있었다. 구름 속에 대도시가 보였고, 그곳에서 수백만 명의 사람들이 쏟아져 나와 사방으로 흩어졌다. 그들 한가운데에 별을 머리에 단 거대한 여신의 형상이 나타났다. 에바 부인의 표정을 지닌 모습이었다. 그 여신은 환한 표적을 이마에 달고서 땅바닥에 웅크리고 앉아 있었다. 그 여신은 눈을 감았고 얼굴은 고통으로 일그러져 있었다. 갑자기 그 여신이 비명을 질렀다. 그러자 이마에서 수많은 별들이 튀어나와 밤 하늘로 날아갔다.

그 별 가운데 하나가 윙윙 소리를 내면서 내게로 쏜살같이 날아왔다. 순간 내 몸은 허공으로 떠올랐다가 다시 땅바닥으로 떨어졌다. 나는 피투성이가 되어 미루나무 옆에 쓰러졌다.

의식을 잃고 쓰러진 나는, 차에 실려 덜거덕거리며 벌판을 달리고 있었다. 대부분 나는 잠을 자거나 혼수 상태에 빠져 있었다. 깊이 잠들면 잠들수록 무엇인가가 나를 끌어당겼고 나를 지배하는 어떤 힘을 따라가고 있다는 것을 느낄 수 있었다.

얼마가 지났는지 드디어 나는 목적지에 도달했다. 밤이었고 나는 완전히 의식을 되찾았다. 사람들은 나를 어딘지 넓은 바닥에 눕혔다. 내 매트리스 바로 옆에 다른 매트리스가 놓여 있었고 그 위에 누군가가 누워 있었다. 그가 고개를 돌려 나를 바라보았다. 그는 이마에 표적을 갖고 있었다. 막스 데미안이었다. 나는 말을 할 수가 없었다. 그도 그저 나를 바라볼 뿐이었다. 벽에 걸린 등불이 그의 얼굴을 비쳐 주었다.

그는 나에게 미소를 지어 보였다.

"싱클레어!"

그는 거의 속삭이듯 말했다. 나는 눈으로 그의 말을 알아들었다는 신호를 보냈다. 그는 웃으면서 나직이 말을 계속했다.

"자네, 프란츠 크로머를 아직도 기억하고 있나?"

나는 그에게 눈을 깜박여 보였다. 그리고 미소를 지었다.

"싱클레어, 자네에게 해 줄 게 하나 있네. 에바 부인이 자네에게 주는 입맞춤이야. 자네한테 어려운 일이 생기면 대신 해 주도록 부탁받았지. 자, 눈을 감게, 싱클레어."

다음날 아침 나는 눈을 뜨자마자 옆의 매트리스를 보았다. 거기에는 낯선 사나이가 누워 있었다.

상처를 치료받는 일은 몹시 고통스러운 일이었다. 그러나 나는 열쇠를 발견했고 내 마음의 문을 열고 나 자신 속으로 들어가면 모든 고통에서 벗어날 수가 있었다.

운명의 모습이 자리 잡고 있는 내면의 어두운 거울에 내 몸을 비추어 보았다. 거울에 비친 내 모습은 내 친구이자 스승인 데미안의 모습을 닮아 있었다. ✿

세계명작 시리즈와 함께 논리·논술 Level Up!

● 이해 능력 Level Up!

1. 다음 중 싱클레어가 말하는 밝은 세계에서 볼 수 있는 것이 아닌 것은 무엇인가요?

    1) 평화와 질서   2) 사랑과 용서

    3) 살인과 자살   4) 고요와 편안함

    5) 아름다움과 깨끗함

2. 싱클레어가 크로머에게 방앗간 옆의 과수원에서 사과를 훔쳤다고 거짓말을 한 까닭은 무엇인지 아래 글을 읽고 답하세요.

> 나는 잠자코 듣고만 있었다. 그러나 언제까지나 잠자코 있을 수만은 없었다. 크로머의 비위를 건드려 그를 화나게 할 수도 있었기 때문이다. 결국 나도 이야기를 꺼냈다. 나 자신이 주인공 역할을 맡은 도둑질 이야기를 꾸며 댔다.
> "어느 날 밤이었어. 나는 친구와 둘이서 방앗간 옆의 과수원에서 사과를 훔쳤어. 아주 크고 탐스러운 것들로."

1) 그를 화나게 하려고

2) 거짓말하는 것이 재미있어서

3) 잠자코 있으면 크로머가 화를 낼 것 같아서

4) 심심해서

5) 사과가 먹고 싶어서

3. 크로머에게 괴롭힘을 당하고 있던 싱클레어를 구해 준 사람은 누구인가요? 아래 글을 읽고 답해 보세요.

> "잘 지냈니? 싱클레어. 요새는 크로머가 널 괴롭히지 않지?"
> "네가 그 녀석을 어떻게 했구나? 어쩐지 날 보더니 피하더라."
> "잘됐다. 만약 그 녀석이 너를 또 괴롭히면 '데미안을 잊었느냐'라고 말하면 돼."

1) 어머니 2) 아버지 3) 하녀

4) 데미안 5) 누나들

4. 싱클레어와 데미안은 이마에 표적이 있습니다. 표적을 가진 사람은 어떤 사람인가요?

1) 살인을 저지른 사람

2) 아벨과 같이 양을 치는 사람

3) 깨달음을 얻은 사람

4) 꿈을 잘 꾸는 사람

5) 공부를 잘하는 사람

5. 김나지움에서 싱클레어는 어떤 생활을 했나요?

    1) 주정뱅이가 되어 방탕한 생활을 했다.

    2) 학교를 착실하게 잘 다녔다.

    3) 신문팔이를 해서 학비를 벌었다.

    4) 목사가 되기 위한 공부를 했다.

    5) 권투 선수가 되기 위한 운동을 했다.

6. 피스토리우스는 무엇을 하는 사람인가요?

    1) 오르간 연주   2) 마술사   3) 군인

    4) 점쟁이   5) 대학 교수

7. 아래 글은 데미안이 카인에 대해 말한 부분입니다. 데미안은 카
   인이 어떤 사람이라고 말했나요?

   "그건 아주 간단해. 카인의 이마에 붙어 있는 표적이 문제야. 사람
   들은 카인을 두려워해서 감히 그를 해칠 생각을 할 수도 없었지. 사
   람들이 카인을 두려워하고 가까이하려고 하지 않은 것은 이마 위에
   우체국 도장처럼 찍힌 표적 때문은 아니야. 카인은 보통 사람에게서
   는 볼 수 없는 남다른 지혜와 용기를 가지고 있었던 거야. 그래서 두
   려워했던 거지. 무슨 얘긴지 알겠니?"

    1) 카인은 남달리 지혜롭고 용기 있는 사람이다.

    2) 카인은 하느님의 사랑을 받은 의로운 사람이다.

    3) 카인은 동생 아벨을 지극히 사랑했다.

4) 카인은 이마에 표적을 달고 다닌 겁쟁이였다.

5) 카인은 동생 아벨을 죽인 나쁜 사람이다.

8. 싱클레어는 자신이 저지른 가장 큰 죄가 무엇이라고 했나요?

1) 과수원에서 사과를 훔친 일

2) 악마와 손을 잡은 일

3) 친구들에게 거짓말을 한 일

4) 아버지에게 잘못을 고백하지 않은 일

5) 자기가 아버지보다 우월하다고 생각한 일

9. 아래 글을 읽고, 싱클레어의 꿈속에 나타난 크로머가 누구를 죽이라고 했는지 답하세요.

꿈속에서 크로머가 칼을 갈아 내 손에 쥐여 주었다. 크로머와 나는 큰 도로의 가로수 뒤에 서서 누군가를 기다리고 있었다. 누구를 기다리는지 난 알 수 없었다. 누군가가 다가오자 크로머는 내 팔을 잡아끌며 저 사람이 바로 내가 찔러야 할 사람이란 것을 알려 주었다. 그는 놀랍게도 나의 아버지였다.

1) 카인   2) 아벨

3) 데미안   4) 싱클레어의 어머니

5) 싱클레어의 아버지

10. 싱클레어가 본 데미안의 인상이 아닌 것은 무엇인가요?

   1) 소년처럼 보이지 않았다.

   2) 눈빛은 냉정해 보였다.

   3) 신사처럼 보였다.

   4) 아늑하고 포근해 보였다.

   5) 표정이 어른스러웠다.

11. 아래 글은 싱클레어가 데미안에게 보내려던 편지글입니다. 데미
   안에게 보내지 않은 까닭은 무엇인가요?

   한 인도자가 나를 버렸다.
   나는 컴컴한 어둠 속에 갇혀 있다.
   혼자서는 한 걸음도 걸을 수가 없다. 도와 주시오!

   1) 어리석다는 생각이 들어서

   2) 우표가 없어서

   3) 도와줄 것 같지 않아서

   4) 혼자 걸을 수 있게 되어서

   5) 인도자가 다시 나타났기 때문에

12. 싱클레어는 꿈을 자주 꾸었습니다. 그는 피스토리우스에게 자기
    꿈 이야기를 모두 털어놓았지만, 한 가지 꿈은 이야기 하지 않았
    습니다. 어떤 꿈이었나요?

    1) 어머니 같은 모습을 한 여성에게 끌려들어가는 꿈
    2) 새의 문장이 붙은 대문으로 들어가는 꿈
    3) 아브락사스가 자기를 버리는 꿈
    4) 오르간 연주를 부탁하는 꿈
    5) 남자가 여자로 변해 버리는 꿈

13. 싱클레어가 에바 부인에게 고백한 말 중에서, 자기를 도와준 지
    도자를 누구라고 했나요?

    1) 데미안   2) 베아트리체   3) 피스토리우스
    4) 크로머   5) 알폰스 베크

14. 싱클레어는 베아트리체라는 이름을 붙여 준 처녀를 만난 후 자
    신의 모습이 바뀌었다고 생각합니다. 다음 중 옳지 않은 것은 무
    엇일까요?

    1) 기도하는 사람으로 만들어 주었다.
    2) 방탕한 생활에서 멀어졌다.
    3) 고독을 이겨 낼 수 있게 되었다.
    4) 책도 읽고 산책도 즐기게 되었다.
    5) 친구들의 조롱에 신경을 쓰게 되었다.

15. 아래 글은 싱클레어가 어느 여인을 두고 한 말입니다. 이 글 속의 '그녀'는 누구일까요?

> 그녀의 음성은 낮고 따스했다. 나는 달콤한 포도주를 마시듯 그 음성을 들이켰다. 그러고는 눈을 들어 그녀의 고요한 얼굴과 신비스런 두 눈을 들여다보았다. 그리고 싱싱하고 촉촉한 입술과 표적을 지닌 넓고 아름다운 이마를 바라보았다.

1) 베아트리체   2) 에바 부인   3) 하녀 리나
4) 싱클레어 어머니   5) 노부인

16. 데미안에 대한 설명으로 잘못된 것은 무엇인가요?

1) 신비로운 능력과 냉철한 판단력을 가졌다.
2) 싱클레어가 자기 자신을 발견할 수 있도록 도움을 주었다.
3) 당당함과 안정감을 가지고 있다.
4) 싱클레어가 악마와 손을 잡도록 도와주었다.
5) 카인을 높은 지혜와 용기를 가진 인물이라고 평했다.

17. 자살까지 하려던 크나우어에게 정신적인 도움을 준 사람은 누구인가요?

1) 프란츠 크로머   2) 막스 데미안
3) 싱클레어   4) 에바 부인
5) 피스토리우스

● 논리 능력 Level Up!

1. 싱클레어가 생각하고 있는 두 개의 세계는 어떤 세계를 말하는 것
   인지, 아래 글을 읽고 써 보세요.

> 그때, 내 주위에는 서로 다른 두 세계
> 가 뒤섞여 있었다. 어두컴컴한 골목이 있
> 는가 하면 불이 환한 골목도 있고, 불안
> 에 떨고 있는 사람이 있는가 하면 행복에
> 겨운 사람들이 있었으며, 아늑하고 편안
> 한 방이 있는가 하면 비밀과 공포가 가득
> 한 방들도 있었다. 한마디로 밝은 세계와
> 어두운 세계가 극과 극을 이루고 있었다.

2. 밝은 세계에서 생활하던 싱클레어가 어두운 세계에 들어서게 된 계기는 프란츠 크로머와의 관계에서 비롯됩니다. 구체적인 사건은 무엇이었나요?

3. 카인의 표적에 대해 데미안은 어떤 해석을 했는지 써 보세요.

4. 골고다 언덕에서 예수님과 함께 십자가에 매달린 두 강도가 있었습니다. 십자가에 매달린 채 예수님에게 회개하지 않은 강도를 데미안은 어떻게 평가했는지, 아래 글을 읽고 써 보세요.

> "싱클레어, 이 이야기에는 내 마음에 들지 않는 부분이 있어. 예수와 함께 십자가에 달린 두 강도에 대한 이야기 말이야. 언덕 위에 세 개의 십자가가 서 있다는 건 실로 위풍당당한 일이지. 그런데 두 강도 중에 한 명이 죽음 앞에서 눈물을 흘리며 회개를 했다고? 이건 좀 감상적인 이야기가 아닐까? 죄를 지었으면 당당하게 죽는 게 마땅하지 않을까? 만약 나에게 두 강도 가운데 한 사람을 친구로 택하라면 회개하지 않은 자를 택할 거야. 그자야말로 믿을 수 있는 사람이거든. 그는 최후까지 자신의 길을 걸었으니까. 너는 어떻게 생각해?"

5. 싱클레어가 본 데미안의 모습은 어떠했는지 아래 글을 읽고 정리
   해 보세요.

> 고개를 숙인 채 글쓰기에 열중하는 모습은, 마치 과학자가 어떤 실
> 험에 몰두하고 있는 모습처럼 보였다. 사실 데미안은 처음부터 내게
> 호감을 주지는 않았다. 나보다 훨씬 잘나 보이기도 했지만, 냉정한
> 눈빛이나 어른스런 표정 등은 마음에 안 들었다. 그러나 좋든 싫든
> 내 눈은 줄곧 데미안을 향하고 있었다.

6. 싱클레어가 김나지움에서 생활하던 시절, 그는 제 자신을 파멸시
   키는 미치광이 소동 속에서 방탕한 생활을 했습니다. 그러한 생
   활에서 벗어날 수 있었던 계기는 무엇이었나요?

7. 데미안이 싱클레어에게 보낸 편지에서, 알에서 깬 아기 새가 신에게로 날아가는데 그 신의 이름은 아브락사스라고 했습니다. 아브락사스는 어떤 신인가요?

> 둘째 시간이 끝난 뒤였다. 나는 내 책갈피에 쪽지 하나가 끼워져 있는 걸 보았다. 쪽지에는 이렇게 씌어 있었다.
> '아기 새는 알에서 나오려고 몸부림친다. 알은 곧 세계이다. 아기 새는 하나의 세계를 깨뜨리지 않고는 태어날 수 없다. 그 새는 신에게로 날아간다. 그 신의 이름은 아브락사스이다.'

8. 에바 부인은 자기를 사랑하고 있는 싱클레어에게 별을 사랑한 젊은이의 이야기를 들려줍니다. 그런 뒤에 사랑이란 모름지기 어떠해야 한다고 말하나요?

그 가련한 청년의 슬픈 사랑의 종말을 이야기한 그녀는 '사랑이란 구걸해서도 안 되고, 강요해서도 안 된다.'고 말했다. 에바 부인의 이야기를 듣고 나서 나는 많은 생각을 했다.

9. 데미안은 전쟁을 무엇이라고 생각했나요? 다음 글을 읽고, 답해
   보세요.

> "아직 선전 포고는 안 했지
> 만 전쟁이야. 모르긴 해도 큰
> 전쟁이 될 걸세. 이제 새로운
> 세계가 시작되는 것이지. 자
> 네는 어떻게 하겠나?"

● 논리 능력 Level Up!

1. 만약 내가 싱클레어였다면 크로머의 계속되는 괴롭힘을 어떤 방법으로 이겨 냈을지 써 보세요.

2. 데미안과 싱클레어는 카인에 대해 각각 다른 생각을 갖고 있었습니다. 만약 두 사람이 우리의 고전에 등장하는 '심청'을 평가한다면 어떤 차이가 있을지 써 보세요.

3. 아래 글은 데미안이 싱클레어에게 보낸 쪽지입니다. 이 말이 무엇을 뜻하는지 잘 생각한 다음 정리해 보세요.

> '아기 새는 알에서 나오려고 몸부림친다. 알은 곧 세계이다. 아기 새는 하나의 세계를 깨뜨리지 않고는 태어날 수 없다. 그 새는 신에게로 날아간다. 그 신의 이름은 아브락사스이다.'

4. 아래 글과 같이 사람은 누구나 마음속에 천사와 악마를 담고 있다고 합니다. 내가 경험한 내 마음속의 천사와 악마는 어떤 모습이었는지, 그리고 나는 천사와 악마 중 어떤 의견을 따르게 되었는지 써 보세요.

"싱클레어, 우리 신의 이름은 아브락사스인데 그는 신인 동시에 악마이기도 하지. 그는 밝은 세계와 어두운 세계를 모두 가지고 있어. 아브락사스는 자네의 생각이나 꿈에 대해서 아무런 이의를 제기하지 않는다네."

_____

_____

_____

_____

_____

_____

_____

_____

풀이

이해 능력 Level Up!

| 1. 3) | 2. 3) | 3. 4) | 4. 3) | 5. 1) |

6. 1)   7. 1)   8. 2)   9. 5)   10. 4)

11. 1)   12. 1)   13. 3)   14. 5)   15. 2)

16. 4)   17. 3)

논리 능력 Level Up!

1. 서로 다른 두 개의 세계는, 밝고 좋은 세계와 어둡고 나쁜 세계를
   뜻한다. 이 두 세계는 우리가 사는 사회에 함께 존재한다. 밝은 세
   계는 희망이 있고 아름다운 결과를 가져오지만, 어두운 세계는 절
   망만이 있고 그 결과는 죽음에 이르게도 한다.

2. 아이들끼리 무용담을 늘어놓는 자리에서 싱클레어는 코앞에 닥친
   위기에서 벗어나기 위해 방앗간 근처에 있는 과수원에서 사과를
   훔쳤다고 거짓말을 한다. 이 일로 프란츠 크로머에게 협박을 받게
   된다.

3. 카인은 보통 사람들이 생각하는 것보다 높은 지혜와 용기를 가지

고 있었으며, 남을 위압하는 절대적인 힘을 갖고 있다. 그래서 권력의 상징으로 카인에게 표적이 주어졌다는 것이다.

4. 그 사람이야말로 믿을 수 있는 사람이고, 최후까지 자신의 길을 걸었던 줏대 있는 사람이므로.

5. 데미안은 처음부터 호감을 주는 인물은 아니었다. 그러나 남다른 데가 있었고, 조용해서 자꾸 끌렸다. 또한 자신보다 훨씬 인격적이고 어른스러워 보였다. 하지만 지나치게 냉정한 느낌을 준다고 생각하기도 했다.

6. 싱클레어는 알폰스 베크를 만났던 공원에서 우연히 한 처녀를 만난다. 그녀는 큰 키에 날씬한 몸매, 신뜻한 옷차림을 한 여인이었다. 나이는 싱클레어와 비슷해 보였지만 훨씬 어른다웠다. 고독한 싱클레어에게 사랑하고 숭배할 수 있는 대상이 나타난 것이다. 그녀를 통해 싱클레어는 더 이상 방황하지 않게 되었다.

7. 신인 동시에 악마이고 선과 악을 모두 가지고 있는 복합체이다. 아브락사스는 밝고 명랑한 세계와 어둡고 추한 세계를 동시에 가지고 있다. 또한 빛과 어두움, 남성과 여성을 포함하는 창조의 신이다.

8. 사랑이란 구걸해서도 안 되고, 강요해서도 안 된다.

9. 아기 새가 태어나기 위해서는 알을 깨야 하는 고통을 겪어야 한다고 생각했던 데미안은, 전쟁을 새로운 세계를 탄생시키는 수단이라고 생각했다.

논술 능력 Level Up!

1. 크로머의 부당함에 정정당당하게 맞선다거나, 부모님께 솔직하게 털어놓고 도움을 청할 수도 있다. 싱클레어의 입장이 되어 생각해 보면 좀 더 효과적인 방법이 떠오를 것이다.

2. 대상을 어떤 시각에서 바라보느냐에 따라 그 평가는 크게 달라질 수 있다. 심청의 경우 역시 마찬가지다. 아버지의 눈을 뜨게 하려고 목숨을 버린 것이 진정한 효도인지, 아니면 부모보다 먼저 죽은 씻을 수 없는 불효인지 생각해 보자.

3. '우물 안 개구리'와 '장님 코끼리 만지듯'이라는 속담과 함께 문제에 주어진 구절을 깊이 생각한 다음 정리해 보자.

4. 자신의 경험을 떠올려 보자. 어떤 한 가지 일을 눈앞에 두고 이럴까 저럴까 망설인 적이 많았을 것이다. 그런 상황을 정리해 보자.

초등학생이 꼭 읽어야 할 세계 명작 시리즈